TABLEAU

LITTÉRAIRE

DE LA FRANCE

PENDANT LE DIX-HUITIÈME SIÉCLE;

SUJET PROPOSÉ EN 1806

Par la Classe de la Langue et de la Littérature françoise de l'Institut impérial.

[Picault de Tours]

TABLEAU

LITTÉRAIRE

DE LA FRANCE

PENDANT LE DIX-HUITIÈME SIÉCLE;

SUJET PROPOSÉ EN 1806

Par la Classe de la Langue et de la Littérature françoise de l'Institut impérial.

A PARIS,

Chez **DELAUNAY**, Libraire, Palais du Tribunat, galerie de bois, n.° 243.

1807.

TABLEAU LITTÉRAIRE

DE LA FRANCE

Pendant le dix-huitième Siècle.

Difficile est propriè communia dicere.....
(HORAT. , de Arte Poeticâ).

UNE seule considération pouvoit m'enhardir à entreprendre le tableau littéraire du dix-huitième siècle, c'est la persuasion qu'avant de proposer un sujet semblable, la classe de la langue françoise de l'institut impérial en avoit médité toutes les difficultés, persuasion que j'ai regardée comme le garant de son indulgence. Sans ce motif d'encouragement, aucune illusion de l'amour-propre n'auroit pu m'induire à risquer mes idées sur un texte épuisé déjà par la critique, et dépouillé par cela même du plus puissant intérêt de tous, celui de la nouveauté. Ne déférer aveuglément à l'autorité d'aucun écrivain, quel qu'il soit, me garder avec le même scrupule de fronder l'opinion publique ; voilà les conditions presque contradictoires qui me sont imposées : ne les enfreindrai-je jamais ? je l'ignore ; mais ce que je sais , du moins , c'est que je ne me croirai pas indigne de mon sujet , si j'obtiens l'approbation de mes juges.

Le dix-huitième siècle est écoulé , mais la pluralité de nos contemporains lui appartient jusques dans la plus jeune de ses générations. Nous ne sommes point encore parvenus à cette époque où le désintéressement le plus complet donne une sorte de sanction aux arrêts de la postérité. Nous ne sommes point , en un mot , la postérité par rapport au dix-huitième siècle. Cependant , s'il est permis de dérober quelqu'exception à cette cathégorie universelle de tous les hommes existans , il doit m'être permis d'y prétendre , à moi dont il n'existe aucun pacte obligatoire envers le parti des prôneurs , comme envers celui des détracteurs de ce siècle si passionément et si diversement jugé , à moi , dont je veux que chacun puisse dire , après la lecture de ce discours , quelles que soient ses opinions , que je n'avois pris auparavant qu'un seul engagement , celui d'être fidèle en tout point aux maximes de la plus stricte impartialité.

Eu établissant les caractéristiques qui doivent distinguer le dix-septième du dix-huitième siècle , on appelle communément le premier celui des lettres , des beaux-arts , du génie , tandis que le dernier se désigne comme le siècle des sciences exactes , des découvertes utiles et de la philosophie. J'attaquerai cet apophtegme , non dans chacune de ses propositions séparément , mais dans leurs conséquences relatives.

Oui , la période fortunée , où la nature , prodigue de ses dons envers les lettres françoises , fit éclore les belles conceptions du génie hardi de Corneille et de la verve originale de Molière , où la muse de Racine fit entendre sa mélodieuse voix , où Boileau dictoit les préceptes et donnoit à la fois les exemples de l'art des vers , où Lafontaine prêtoit son langage aux brutes pour inculquer par leur truchement ingénu de profondes leçons de sagesse à l'homme ; oui , cette période peut se représenter sous l'emblême d'une figure allégorique chargée de tous les attributs de la poésie. L'éloquence remettroit aussi son caducée à la main des Bossuet , des Pascal , des Bourdaloue , des Fléchier et des Fénélon. Le Poussin , le Sueur , Girardon , Lebrun , Perrault uniroient leurs noms à tous ces noms illustres par l'association naturelle des beaux-arts et des lettres , mais parce que Périclès précéda Démosthène , celui-ci doit-il déchoir du premier rang des orateurs d'Athènes ? parce que Térence écrivit plus de cent ans avant Auguste , Térence en sera-t-il moins regardé comme le plus élégant des poètes latins ?

Anathême sur ces esprits systématiques et rétrécis qui ne savent supputer le mérite d'un auteur que par le temps où il a vécu , et qui , ne concevant rien de grand et de beau qu'à une certaine distance d'eux-mêmes , estiment de bonne foi , et comme par un sentiment de justice dont ils ne se doutent pas , qu'il suffit qu'un homme ait été leur contemporain pour n'avoir pu s'élever au-dessus de la médiocrité.

Venez réclamer vos justes droits, vous, dignes usufruitiers du vaste héritage de vos prédécesseurs ; Voltaire, Crébillon, Destouches, Piron, Jean-Baptiste Rousseau, Louis Racine, Gresset, Delille ; et vous aussi vous fûtes poètes, et votre gloire durera autant que les fastes littéraires de votre pays. Massillon, Montesquieu, J.-J. Rousseau, Buffon, Bernardin-de-Saint-Pierre, si l'extrême mérite de votre diction admettoit la supposition d'une supériorité quelconque, ah ! croyez qu'on la chercheroit aussi vainement dans les écrits antérieurs au dix-huitième siècle, qu'il seroit difficile de l'imaginer dans les écrits des âges qui les suivront !

A l'aide des grands noms que je viens d'invoquer, et soutenu par beaucoup d'autres encore, je ne désespère point de prouver que si les sciences ont fait des progrès dans le cours du dix-huitième siècle, les lettres n'ont point non plus rétrogradé. Toutes les muses sont sœurs ; le dieu du jour est en même-tems le dieu de l'harmonie et des arts. Ces fictions grecques ne sembleroient-elles pas avoir été inventées pour servir d'horoscope au dix-huitième siècle de la France, où le génie, les lumières et les talens n'ont cessé de marcher ensemble et de se tenir comme par la main ?

Parmi les productions de l'esprit humain, le consentement unanime des peuples adjuge la prééminence à la Poésie. L'Éloquence tient le second rang ; l'Histoire, qui participe de la nature de l'Éloquence, vient immédiatement après celle-ci. Les autres genres d'écrits se classent ensuite par approximation graduelle. Dans la composition de mon tableau je suivrai donc cette ordonnance; les Poètes en occuperont la partie saillante, les Orateurs et les Historiens l'espace intermédiaire, et dans le lointain figureront ces auteurs qui sont parvenus à la célébrité moins par la valeur intrinsèque de la matière qu'ils ont employée à leurs ouvrages, que par l'art avec lequel ils ont su lui donner du prix. Ainsi mes trois divisions se trouvant naturellement établies, je n'ai plus qu'à disposer le fond de ma première partie.

PREMIÈRE PARTIE.

Après la renaissance des lettres en Italie, sous le pontificat de Léon X, la France fut encore longtemps à se réveiller de l'assoupissement des temps de barbarie. François I.er protégea les savans, Charles IX les poètes; mais sous ce dernier roi, Ronsard étoit au premier rang de ceux-ci. Qu'on se figure donc, s'il se peut, dans quelle enfance étoit alors le goût de la Nation ! *Enfin Malherbe vint* .....; mais Malherbe même, avec de la poésie de style, manquoit de ce principe du génie qu'on pourroit appeler l'*argile* élémentaire; et à quelques stances près qui furent une conquête de l'harmonie sur la grossièreté du langage de son temps, il laissa les choses dans le chaos où il les avoit trouvées. Régnier, son contemporain, publia sous Henri IV quelques satyres encore plus diffuses qu'énergiques; qu'on y joigne la traduction de Plutarque par Amyot, les Essais de Montaigne écrits en demi-gaulois ; qu'on remonte même aux Contes de Rabelais , à l'histoire de Philippe de Commines et jusqu'aux Chroniques de Froissard , tous livres d'un grand intérêt , mais devenus presqu'inintelligibles de nos jours , on conviendra que nous n'avions que de bien faibles titres à la gloire littéraire , lorsque l'Italie comptoit déja plusieurs poèmes épiques, des modèles d'histoire , de profonds traités de politique dûs à des auteurs couverts de célébrité et faits pour soutenir l'ancien renom de la patrie des Romains.

Un de ces puissans génies, que la nature ne donne à l'humanité qu'à de longs intervalles de temps, vint commencer en quelque sorte une ère nouvelle pour la France. Pierre Corneille parut pour donner du ressort à la Poésie françoise incapable jusqu'à lui de rien exprimer de fortement conçu, de finement observé, et qui sembloit surtout condamnée à être éternellement dépourvue de naturel et de simplicité. Sous les auspices du cardinal de Richelieu, l'Académie françoise fut instituée ; la langue s'épura , les chef-d'œuvres dramatiques parurent en foule, et ne furent que les précurseurs de tous les autres chef-d'œuvres. La poésie héroïque seule , dont c'est ici le lieu de parler , la poésie héroïque ne fit que des efforts impuissans pour porter notre langue à ce faîte d'illustration dont peuvent s'enorgueillir d'autres idiômes. Les faux pas de Scudéry, de Desmarets et de Chapelain se citent en-

core tous les jours , et le succès éphémère d'une traduction de Lucain par Brébœuf, et le succès plus durable et plus mérité du Lutrin de Boileau n'ont pas
suffi pour effacer ces honteuses impressions , et pour
gagner au dix-septième siècle la couronne et le laurier
de Calliope.

Un homme s'est trouvé d'une passion si démesurée
pour la gloire qu'il a osé aspirer à tous les genres de
renommée littéraire , et d'une capacité d'esprit assez
vaste pour les acquérir presque tous. Lucain, l'Arioste,
Corneille et Racine , Horace , Pope , Chaulieu , Lafontaine même , voilà les émules de Poésie qu'il s'est
choisis et contre lesquels il a lutté plusieurs fois avec
avantage. Quinte - Curce , Justin , Pline le jeune ,
Rabelais , Swift trouvent également en lui , chacun
dans leur sphère différente , un rival digne de leur
être opposé. On ne hasarde donc rien en avançant
que le pays et le siècle qui n'auroient produit que le
seul Voltaire réuniroient à-peu-près tous les titres
possibles d'illustration dans les lettres.

Je ne m'inscris point ici sur la liste des adeptes
de Voltaire; mais le critique anglois Samuel Johnson,
idolâtre du pouvoir royal et de la maison des Stuarts
jusqu'à la bigoterie, n'en a pas moins rendu justice à Milton, qui avoit été secrétaire d'état sous
le protectorat de Cromwell. Les opinions , en matière de goût, ne doivent point être subordonnées
aux idées que l'on s'est faites sur la police des
gouvernemens. On doit sans doute juger et avec

rigueur même les principes moraux du poëte, et de l'écrivain, mais que ce soit dans toute l'équité d'un cœur droit et non dans l'esprit d'aucune faction, ou d'après la préférence que l'on donne à tel système politique, ou à telle croyance religieuse.

La France peut-elle se flatter d'avoir produit un poème épique pendant la durée du dix-huitième siècle ? Cette question me paroît insoluble parce qu'elle est susceptible de recevoir également l'affirmative ou la négative, suivant les différentes manières de l'envisager. S'il suffisoit d'un récit en vers héroïques de vingt-quatre, de douze ou de dix chants pour constituer un poème épique, cette qualification seroit due incontestablement à la Henriade ; mais si la Pharsale de Lucain, la seconde guerre punique de Silius Italicus n'ont point offert aux critiques les conditions requises pour être placées à ce premier rang des œuvres du génie qu'on assigne universellement à l'épopée, alors la Henriade, avec toutes ses beautés, n'est plus qu'une production équivoque qu'il faut classer parmi ces poèmes sur le genre desquels on n'a que des notions indéterminées.

Le poème épique, selon Aristote, doit être fondé sur une action ou vraie ou probable dont le développement facilite l'emploi du merveilleux ; mais un événement récent n'est pas propre à fournir le tissu d'une pareille fable, car plus il aura de grandeur et de notoriété, moins il deviendra nécessairement susceptible des embellissemens de l'imagination ; et

un poème épique sans ornemens ou avec des ornemens
déplacés , ne peut être que de deux choses l'une , ou
une narration froide et contrainte , ou un roman
dénué de vraisemblance et par conséquent de tout
intérêt.

Il est des âges du monde qui semblent être le do-
maine propre de la poésie héroïque. A cette obscure
et incertaine époque où l'histoire remplace la fable ,
mais n'a pu se dégager encore tout-à-fait du mélange
des fictions ; à une pareille époque s'adapte admirablement tout le merveilleux des poèmes d'Homère et
de celui de Virgile. La civilisation s'arrête, l'Europe
se couvre des ténèbres de la barbarie , les beaux-arts
ont disparu, l'ignorance et la crédulité peuplent de
nouveau le monde de leurs chimères ; Boyardo, l'A-
rioste , le Tasse s'emparent de cette crise, substi-
tuent aux dieux et aux déesses d'Homère les anges,
les démons et les fées , et à ces héros gigantesques des
chevaliers de stature non moins colossale. Que les portugais s'ouvrent à travers les tempêtes un passage aux
Indes Orientales , leurs navigateurs croyent racheter
leurs dangers en les exagérant dans leurs récits ; les
syrènes , les fantômes , les esprits couvrent les mers
ou habitent des régions différentes de tout ce qui s'é-
toit vu jusqu'alors. Camoëns chante ces prodiges et
consacre habilement la gloire de sa nation adoptive
avec la sienne individuelle. Milton , transporté du dé-
lire poétique le plus inconcevable qui fut jamais , dé-
daigne d'imiter aucun de ses prédécesseurs ; il en-

tonne la trompette héroïque pour apprendre à la terre comment l'ordre sortit du chaos , il dit la chute du premier homme , peint le berceau de la nature en couleurs aussi fraîches que son sujet, et dans les actions de ses bons et de ses mauvais anges il semble raconter des choses inexprimables.

Telles sont les véritables sources de la poésie héroïque , sources auxquelles n'a puisé jusqu'à ce jour aucun de nos hommes de génie. Voltaire a préféré l'exemple de Silius Italicus et de Lucain à celui des chantres d'Achille , d'Ulisse et d'Enée. Comment se fait-il qu'avec tant de goût et tant de lumières , il n'ait pas senti que l'esprit et la raison répugnoient de concert à voir falsifier par l'alliage de faits supposés les exploits véritables des vainqueurs d'Annibal , de Pompée et de Mayenne ? Alexandre n'a point trouvé pour célébrer ses conquêtes cet Homère qu'il envioit à Achille ; mais sa gloire , qui ne brille d'aucun éclat emprunté , n'en est que plus inséparablement à lui.

Une indication de l'abbé Dubos , dans ses réflexions sur la poésie et la peinture , a porté Voltaire à prendre Henri IV pour le héros de son épopée ; mais a-t-il tiré du sujet qui lui étoit ainsi présenté tout le parti qu'on en devoit attendre , traité par un aussi beau talent que le sien ? Non , il faut l'avouer avec regret. Une multitude de très-beaux vers , de comparaisons poétiques , de descriptions enchanteresses , ne compensent point la mauvaise

ordonnance d'un poème et la foiblesse de ses caractères. Un vers avoit autrefois suffi à Lucain pour
exprimer l'activité de César, c'est-à-dire du capitaine
le plus audacieux et le plus suivi dans ses desseins
qui eût existé jusqu'à nos jours. Un autre vers lui
avoit encore suffi pour honorer la cause de la république romaine, et faire à-la-fois plus que l'apothéose
de Caton, son défenseur, en nous le rendant plus
grand même que les dieux. Mais, où Voltaire a-t-il
peint Henri IV ? dans quelle partie des dix chants
de la Henriade trouve-t-on l'idée de ce prince ma-
gnanime, encore plus recommandable par sa clé-
mence après la victoire que par son excessive intré-
pidité dans les combats ; de ce prince, le seul
peut-être avec Alfred dans toute l'histoire des mo-
narchies subsistantes, qui, par un surprenant assemblage, ait su réunir les vertus d'un simple particulier aux vertus presqu'incompatibles d'un souverain
qui connoît et pratique dans toute leur étendue les
rigoureuses obligations de l'art de régner ?

Homère, prêt à faire tomber Hector sous les coups
d'Achille, mais voulant sauver l'honneur du héros
Troyen, se sert de l'apparition d'un dieu pour lui
faire prendre la fuite. Voltaire, lorsqu'Henri IV,
monté sur les remparts de Paris, parle de réduire
en cendres cette ville rébelle, fait descendre Saint-
Louis du haut d'une nue pour venir l'en détourner.
N'est-ce pas là agir à contre-sens ? Hector étoit si
courageux qu'il ne falloit rien moins que la présence

d'un dieu pour l'intimider ; mais le cœur d'Henri IV pour devenir accessible à la pitié pouvoit-il avoir besoin d'une intervention surnaturelle ?

Voltaire n'a pas été plus heureux en imitant Virgile qu'en imitant Homère. Le poète latin, voulant relever le caractère d'Enée, le représente comme le fondateur de la Rome primitive, comme la tige de la maison des Césars ; et pour réunir sur sa tête deux traits d'illustration réelle à son illustration factice, il lui fait prédire les triomphes innombrables d'une république qui doit donner des lois au monde et la grandeur d'une race destinée à donner des lois à cette même république ; mais dans le huitième chant de la Henriade, Voltaire n'éclipse-t-il pas la gloire bien avérée de son héros par la splendeur anticipée du règne de Louis XIV ? C'est ainsi que ce qui est une beauté en soi devient quelquefois, par la place qu'on lui assigne, un véritable défaut.

Je ne porterai pas le blâme plus loin. La Pharsale, quoique mise au-dessous de l'Enéïde, n'en est pas moins regardée comme l'ouvrage d'un homme de génie. La Henriade me frappe de même. Un grand nombre de sentences hardies ou judicieuses, une diction pleine d'harmonie et toujours soutenue, beaucoup de pompe dans les passages qui en avoient besoin, des détails pleins d'agrémens, lui firent d'abord donner trop légèrement la louange du plus bel ouvrage en vers de la langue françoise ; cette louange s'est bientôt démentie, et je n'entre-

prendrai point de la rétablir. Je ne dirai point, non
plus comme Adisson dans un des numéros du Spectateur, à l'occasion du Paradis perdu ; si ce n'est
pas un poème épique, c'est un poème divin ; mais
ce que l'on me passera plus volontiers, je prétendrai
que la Henriade, malgre les justes critiques que
l'on en peut faire, est un monument à jamais glorieux de la littérature du dix-huitième siècle. L'horreur du massacre de la Saint-Barthelemy, le contraste des effets d'un bon gouvernement sous une
reine au-dessus de son sexe avec les effets d'un
mauvais gouvernement sous un prince efféminé ;
la haîne de la persécution religieuse, le mépris de
la foiblesse dans le rang suprême, tout cela se
trouve tellement marqué du véritable caractère du
sujet, que l'on ne peut contester à la Henriade de
porter le sceau très-évident d'un poète du premier
ordre.

L'Arioste partage encore depuis plusieurs siècles
l'Italie avec le Tasse ; Voltaire a voulu entrela-
cer leurs palmes diverses dans sa couronne poétique,
pour qu'il ne pût y avoir qu'une seule voix sur sa
gloire. Mais la Pucelle d'Orléans peut-elle aller de
pair avec le poème de l'Arioste ? Je le crois, sauf
des différences essentielles qui tiennent à une cause
que je me propose d'expliquer. De toutes les nations
modernes, ou même de toutes celles qui ont jamais
cultivé les lettres, la nation françoise, si notée
pour sa légèreté, est cependant celle qui dans ses

écrits observe le plus de méthode. C'est une remarque faite avant moi, mais dont j'ai soigneusement vérifié la justesse. Ailleurs les genres sont confondus entr'eux : le cothurne et le brodequin peuvent se chausser presqu'indistinctement par le comédien et par l'acteur de tragédie. Le sublime, le rampant, le burlesque, le sérieux, tout se retrouve dans une même pièce de théâtre, dans un poème quelconque ; au lieu qu'en France, quel est celui qui se souvient de ses auteurs classiques, et auquel une pareille inconvenance ne rappelât aussitôt les cinq premiers vers de l'Art poétique d'Horace, et l'exemple de ces monstres informes, assemblage bisarre de parties faites pour s'exclure mutuellement ? C'est cependant à cette confusion des genres les plus opposés que l'Arioste doit l'enthousiasme constant de ses compatriotes. Les Italiens appellent cela de la variété ; mais Voltaire, sans manquer de déférence pour le goût de sa nation, ne pouvoit imiter la manière de l'Arioste. On dit que pour se délivrer d'une concurrence périlleuse avec le Lutrin de Boileau, il ne s'est pas servi de vers Alexandrins dans la Pucelle. Si cette considération pouvoit être vraie, il faudroit rendre grâce à un motif d'inquiétude jalouse du perfectionnement du rhythme en dix syllabes devenu si poétique dans Voltaire, après l'avoir été si peu jusqu'à lui. Tous les débuts de chant de l'Arioste sont regardés comme des chefs-d'œuvres de style ; j'ose avancer pourtant qu'il en est un dans le poème de Voltaire au-dessus d'eux tous : celui où il a

imité

imité et peut-être surpassé Lucrèce, l'invocation à
Vénus, à cette puissance créatrice et conservatrice de
tout ce qui existe dans l'univers. Eh! qui auroit
pu concevoir la possibilité d'un poème en dix-huit
chants uniquement fondé sur le ridicule, et qui
se soutienne partout dans une exacte proportion de
beautés, si Voltaire n'en avoit pas fourni la preuve?
C'est ce tour de force si extraordinaire qui nous
détermine à mettre la Pucelle d'Orléans auprès
du Roland furieux. L'Arioste, lui-même, paraît
avoir cru qu'un poète ne devoit exciter le rire qu'ac-
cidentellement, et qu'il devoit aussi faire quelquefois couler les larmes; c'est pourquoi ses quarante-
six chants se trouvent entremêlés de scènes de
douleur et de scènes de pur badinage, comme pour
soulager un genre d'émotion par l'autre, et renou-
veler en quelque sorte l'aptitude de l'ame à les mieux
goûter tous les deux. Que fait Cervantes lorsqu'il
sent son lecteur fatigué des extravagances de son
héros et des proverbes du plus bouffon, comme du
plus fidèle des écuyers? Il coupe adroitement son
récit par le roman attendrissant de Cardénio, ou
par l'aventure pathétique de la belle Maure fugitive.
Ces ressources étoient interdites à Voltaire dans
son poème; mais on sait avec quel bonheur il en
a fait usage dans le charmant conte de l'Ingénu.

Voltaire, dans l'exécution de son poème héroï-
comique, me paroît avoir fait tout ce que le plus
grand idéal pouvoit faire, restreint comme il l'étoit

2

par la poétique de son pays; mais ce que rien ne lui prescrivoit, ce que la morale publique lui défendoit sévèrement au contraire, c'est la légèreté fatale avec laquelle il tourne en dérision les dogmes de cette religion si digne du respect de l'homme de lettres et de celui qui se dit philosophe, ne fut-ce que parce qu'elle est la dernière consolation du malheureux qui a tout perdu sur la terre! On a reproché aussi à Voltaire la foule d'images licencieuses qui se trouvent dans la Pucelle, mais ce n'est rien que d'alarmer les oreilles pudiques d'une jeune fille, comme l'avoient fait avant lui l'Arioste et La Fontaine, le tort est de détruire l'espérance au cœur du juste opprimé, d'émousser l'aiguillon du remords dans celui de son oppresseur, de substituer enfin les incertitudes du doute à l'idée rassurante ou terrible d'une vie éternelle.

Si le poème héroïque nous range au dessous des Grecs, des Latins, des Italiens, des Anglois et des Portugais, Corneille et Molière ont bien racheté cette infériorité : par les progrès qu'ils ont fait faire à l'art dramatique, le théâtre de la France s'est élevé rapidement au dessus de celui de tous les peuples anciens et modernes.

Que Shakespeare n'ait pas eu autant de génie inventif que l'un, d'aptitude que l'autre à saisir et à rendre les vices et les travers des hommes, cela peut être mis en question; mais de quelques jets de lumière que brillent ses tableaux, quelque frappante que soit l'empreinte de ses caractères, avec quelque finesse que soit contournée l'esquisse de ses portraits, le poète de Stratford, peignant également la nature sous ses traits réguliers ou bizarres, nous la représente partiellement belle de tous ses charmes ou pleine de difformités repoussantes ; c'est l'Apollon du Belvedère auquel on auroit tronqué la moitié de son corps divin pour y substituer une réunion des formes les plus abjectes.

Plus de soixante ans avant le dix-huitième siècle Pierre Corneille avoit fondé la tragédie en France. Il l'avoit purgée du merveilleux, sans lui rien ôter du faste de la représentation ; il l'avoit rendue plus morale, sans diminuer son mouvement ; il lui avoit restitué sa dignité naturelle en écartant, de la voie qu'elle doit parcourir, ces puériles jeux de mots, ces pointes frivoles qui obstruoient sa marche et déshonoroient son caractère. Fidèle, sur-tout, aux deux grands principes de la scène, il s'étoit attaché à cette unité d'intérêt et d'action qui se rapporte si bien à la juste mesure de l'accomplissement d'un seul fait, et à cette cohérence de sentimens dans ses acteurs, qui les rend toujours conséquens avec eux-mêmes, et leur donne à tous une physionomie tellement distincte, qu'on les prendroit pour des êtres réels : ce dernier trait est le type le plus certain de l'excellence du poète, comme de l'orateur ; le portrait de Philippe, par Démosthène, ne vaut-il pas mieux, selon Longin, que toutes ces périodes d'Hypéride, où le grammairien le plus pointilleux ne trouveroit pas un seul mot à reprendre ?

Lorsque Racine a peint Néron vain , petit et froidement cruel ; Joad sous le couteau d'une reine implacable et espérant tout de l'assistance de son Dieu ; Achille fougueux et irascible à l'égal du héros de l'Iliade ; Mithridate aussi soupçonneux que plein d'artifice , et le cœur encore altier au fort des derniers revers : Racine a plus fait pour sa gloire que par ces nombres si vantés , dont la louange est presque devenue triviale à force d'avoir été répétée. On peut admirer dans la figure d'un tableau la vivacité des chairs ou l'ondoyante souplesse des draperies , mais c'est la beauté de la figure même qui constitue le titre du peintre à l'admiration de ceux qui sont dignes de le juger.

Au commencement du dix-huitième siècle parut Crébillon. Un genre nouveau fit la fortune de ses pièces. On étoit affadi sur celles de Campistron et de la Grange-Chancel , élèves de Racine , mais fort au-dessous de leur maître. On crut retrouver dans le poète qui leur succédoit les caractères mâles des héros de Corneille , et c'en fut assez pour lui valoir des succès. Bientôt , enivré de la faveur publique , Crébillon outra son modèle sans l'égaler. Le rôle d'Atrée , où il entreprit de faire mieux que la Cléopâtre de Rodogune , prouva qu'il est une borne aux fictions du théâtre , qu'on ne peut dépasser sans risquer de ne plus causer que de l'horreur et du dégoût. Atrée et Thyeste , malgré d'antiques beautés qui rappellent la manière d'Eschyle , devoient donc

finir par encourir la disgrâce où cette tragédie est
tombée. Outre des situations révoltantes , amenées
par d'atroces discours, et justifiées par des discours
plus atroces encore , la pièce manque de contex-
ture ; elle viole la régle indispensable des compo-
sitions scéniques , qui est de fonder la catastrophe
sur la punition de l'injustice et la déchéance du
crime heureux , régle qu'avoit plusieurs fois bravé
Racine , sans la fronder toutefois ouvertement , au
lieu que Crébillon semble vouloir légitimer la vengeance et le parricide , lorsqu'il termine son dernier acte en faisant dire à un scélérat , qu'il va
jouir enfin du prix de ses forfaits.

Crébillon n'a pas toujours commis les mêmes
écarts , et c'est à tort qu'on reproche à Electre les
taches qui souillent Atrée. L'intérêt y découle d'une
source si différente ! Atrée calcule gratuitement la
destruction de sa propre famille , et parvient sans
aucun trouble au résultat de ses effroyables plans.
Ici c'est la fille des rois qui voit l'assassin de son
père partager tranquillement avec sa complice le
trône de leur illustre victime. Electre , élevée sous
ces sinistres auspices , est endurcie par le malheur et
n'est pourtant point dénaturée ; elle sépare dans son
cœur la cause d'une coupable trop chère de celle
d'un monstre entièrement odieux. On lui propose
d'épouser le fils de son tyran ; elle aime en secret ce
jeune homme dont les vertus méritoient à ses yeux
une autre origine ; mais tout son sang se révolte à

l'idée de s'allier à lui ; on veut l'y contraindre ;
voilà le nœud de la pièce. Electre est perdue si
le ciel ne lui envoie un libérateur ; ce libérateur
paroît : c'est son frère Oreste, caché jusqu'alors
dans Argos sous le nom emprunté de Tydée. Electre
souffle à son frère tous ses projets de vengeance ;
elle arme son bras avec cette inflexible dureté de
l'ame que communique le sentiment d'une longue
oppression. Agamemnon est enfin vengé , trop com-
plétement vengé ! Les dieux ont trompé le bras d'un
fils, et Clytemnestre est tombée sous les coups
d'Oreste. Mais le poète , qui vient de montrer dans
le sort d'une épouse si coupable qu'il est des crimes
qui entraînent toujours leur châtiment après eux,
ne veut pas qu'un parricide , même involontaire ,
puisse demeurer impuni. Il suscite les furies à la
poursuite d'Oreste ; l'infortuné voit leurs têtes hideuses secouer leurs serpens autour de lui ; il en-
tend siffler ces serpens , et, dans le désordre de ses
esprits , il se voit sans cesse poursuivi par les flots
du sang maternel qu'il a répandu. Ah ! voilà où
ces funestes images sont à leur place , et non pas
à la fin de l'Andromaque de Racine !

On a reproché à Crébillon de s'être écarté de Sophocle dans un sujet qu'il traitoit d'après lui ; mais
Racine et Voltaire ont-ils suivi plus fidèlement les
traces des anciens dans les imitations qu'ils en ont
faites ? Telle chose pouvoit réussir à Athènes qui ne
plairoit point du tout à Paris ; et puisqu'on avoit cru

devoir travestir le rôle de l'Hyppolite grec pour s'accommoder au goût des seigneurs et des dames de la cour de Louis XIV, pourquoi Crébillon serait-il plus condamnable d'avoir rendu amoureuse l'Electre trop austère de Sophocle ? Je déclare que je n'approuve nullement ces altérations d'un caractère constaté dans l'antiquité, mais je me défie en général des critiques auxquelles on se livre sans examen et par pure envie de blâmer. L'amour épisodique d'Oreste et d'Iphianasse qui nuit à la marche du drame, et qui en interrompt tout l'intérêt, est une faute bien plus difficile à justifier; aussi l'abandonné-je comme une de ces erreurs qu'il faut se borner à déplorer, faute de pouvoir mieux faire.

Passons à Rhadamisthe, à cette tragédie dont la conception appartient en propre à Crébillon, et qui, indépendamment de cette circonstance, n'en seroit pas moins la plus originale de ses pièces. Le rôle de Pharasmane offre d'un bout à l'autre le portrait d'un de ces despotes d'Asie accoutumés à voir tout fléchir sous la puissance de leurs volontés. C'est à tort qu'on s'obstine à prétendre que ce rôle n'est qu'une imitation de celui de Mithridate. Pharasmane n'a point éprouvé les mêmes revers que le roi de Pont ; il est orgueilleux comme cette destinée dont il n'a jamais appris à douter ; il défie la fortune des Romains, et dans la description qu'il fait de ses états, il donne l'idée d'une race d'hommes invincibles. Cependant ce personnage de Pharasmane, tout admirable qu'il est, n'est pas encore le plus beau de cette pièce étonnante; celui de Rhadamisthe est encore au-dessus. Qu'un homme qui a poignardé sa femme, et l'a précipitée dans un fleuve, ose paroître sur la scène, et ne s'y montre que pour inspirer le plus vif intérêt; c'est une de ces savantes combinaisons de l'art qui ne peuvent s'expliquer que par un exemple comme celui-ci. On n'a peut-être jamais inventé de situation plus adroitement amenée que celle de ce Rhadamisthe déguisé à la cour de son propre père, sous le caractère d'un ambassadeur de Néron. On ne peut se défendre d'un certain plaisir en entendant le potentat d'une de ces contrées lointaines de l'Asie, échappées comme par miracle au joug de la république universelle, la braver dans son représentant, dévoiler son insidieuse politique, et insulter à son insatiable rapacité. Et comme cette scène est terminée avec habileté! Qui ne frémit pas d'une crainte mêlée de satisfaction à la hardiesse de Rhadamisthe, lorsqu'il demande au père qui a attenté à ses jours si l'on doit hériter de ceux qu'on assassine; c'est le cri forcé de la nature, c'est le triomphe de la vérité qui rentre dans ses droits. Ne dirons-nous rien de cette intéressante Zénobie qui pardonne à Rhadamisthe toutes les fureurs de sa jalousie, et qui lui sacrifie sans hésiter un amour qu'elle croyoit innocent sur le bruit accrédité de sa mort. L'entendez-vous, avec cette résignation sublime qui part du sentiment exalté de son devoir, professer qu'elle suivra partout l'homme barbare qui a versé son sang, et déclarer, dans toute la sécurité

de la vertu, qu'elle n'a rien à craindre de son époux ?
Si les motifs et les circonstances qui accompagnent
cette détermination ne la mettent pas au-dessus des
sacrifices de Pénélope, et de tout ce que la fidélité
conjugale offrît ou supposa jamais de plus admirable,
il faut renoncer à toute espèce de *criterium* dans l'éva-
luation des choses. Quatre caractères bien définis et
bien soutenus dans une même pièce, et où trouver
une fécondité plus heureuse ? Zénobie, Rhadamisthe,
Pharasmane, Arsame ! Rhadamisthe, le plus beau
rôle de jeune prince qui existe au théâtre, le seul
Ladislas excepté ; Pharasmane, le plus terrible ; Zénobie et Arsame, les plus vertueux, sans cesser d'être
naturels ! Est-il étonnant que quelques hommes de
lettres, séduits par une réunion semblable, ayent
prétendu que Crébillon étoit le plus tragique de nos
poètes ?

Malheureusement pour la balance du dix-huitième
siècle avec le dix-septième, Crébillon, sur neuf tragédies qu'il a mises au théâtre, n'a produit qu'Electre
et Rhadamisthe qui puissent soutenir la comparaison
des chefs-d'œuvres de Racine et de Corneille au-dessus
desquels il n'y a rien. Racine n'avoit composé que
onze tragédies, mais de ce nombre six au moins
sont comptées parmi les plus parfaits modèles. Ce
n'est pas que les pièces de Racine, comme un parti
littéraire ne cesse de le prétendre, soient entièrement
exemptes de défauts, mais ces défauts sont couverts
par tant de beautés qu'il est presque convenu dans le
monde lettré de ne pas s'en appercevoir. La gloire de

cet illustre Poète appartient plus particulièrement qu'aucune autre à celle de notre nation. Ses vers semblent être le point extrême de la perfection de la langue françoise. Nul écrivain sous ce rapport ne peut lui être comparé, et plus de cent ans d'imitation infructueuse l'ont fait appeler, à juste titre, l'unique, l'inimitable Racine. Le charme de sa diction est tel qu'on oublie malgré soi la foiblesse de la plupart de ses caractères et la défectuosité de quelques-uns de ses plans. C'est une belle femme qui nous éblouit d'abord par tant de fraîcheur, qui nous captive ensuite par tant de graces, qu'il devient presqu'impossible de la regarder avec la froideur et la maturité de l'examen. La versification de Crébillon, au contraire, est dure, sèche, incorrecte ; et quand il pèche encore par le plan et la conduite de ses pièces, comment ne pardonneroit-on pas à Voltaire de lui avoir quelquefois donné l'épithète de barbare.

Racine avoit imité Sophocle et Euripide ; Crébillon avoit imité Eschyle ; Voltaire imita tous les trois. Pour Corneille qui, le plus souvent, n'écoutant que l'inspiration de son génie, fut le créateur d'un genre dramatique entièrement neuf ; Voltaire le prit encore pour un de ses modèles. Non content d'avoir lu les auteurs anciens et ceux de sa nation, Voltaire chercha dans le théâtre de tous les peuples modernes des situations dont il pût enrichir notre scène. C'est Shakespeare qui lui a fourni l'idée du spectre de Ninus et les principaux traits du rôle de cet Orosmane si généreux et si passionné. Consultez Homère, disoit Horace aux aspirans en poésie; c'est là que vous trouverez réunis tous les élémens de la science de la nature et des hommes. Cette sentence n'est point infirmée depuis Horace, parce que le caractère des passions est immuable, mais il y a des nuances et des variétés dans l'espèce humaine de peuple à peuple, de rang à rang, d'individu à individu, et la succession des tems introduit encore, dans les mœurs une dissemblance de plus. Il ne suffiroit donc pas aujourd'hui d'avoir lu Homère pour être exact dans la physionomie de tous ses personnages. Ulysse, quelqu'artificieux qu'il soit dans l'Odyssée, ne l'est pas à la manière de Philippe de Macédoine, et les ruses dont il s'avise pour regagner son île d'Ithaque, ne ressemblent point aux stratagêmes employés par Annibal pour éluder la surveillance des premiers généraux de Rome. Le Jules-César, de la mort de Pompée de Corneille, qui, entraîné par la force des choses et par sa fortune, va réduire la république romaine en monarchie, et reçoit avec un si noble dédain l'offre d'un trône que lui fait Ptolemée, est un de ces rôles compliqués et essentiellement historiques, où tous les héros fabuleux du père de la poésie grecque ne fournissoient pas un seul trait pour l'imitation. Graces soient donc rendues à Corneille pour cette vérité identique qu'il a su le premier établir entre ses héros et ceux de l'histoire.

Epris de ces beautés majestueuses et simples qui

donnent à plusieurs tragédies grecques, une ressemblance frappante avec ces nobles édifices où se trouvent gardées les proportions les plus exactes de l'architecture, Voltaire débuta dans la composition théâtrale par un sujet emprunté de Sophocle. Mais en voulant couvrir la nudité du poète Athénien, il dénatura son poème par l'incident d'une intrigue amoureuse et l'introduction d'un rôle hors de sa place, le rôle si vanté de Philoctète. Philoctète ne doit paroître sur la scène que comme la victime de son indiscrétion à trahir le lieu où étoient enfouies les flèches d'Hercule. Couvert de plaies, exporté du camp des Grecs, où il répandoit l'infection, se traînant péniblement pour atteindre sa proie à travers les cailloux tranchans d'une grève déserte, voilà comme il falloit peindre Philoctète ; voilà la loi que s'imposa le statuaire qui conçut, d'après Virgile, les tortures du Laocoon et la contraction des muscles de ce corps tout à la douleur. Mais Laocoon, avant sa catastrophe, lorsqu'il veut prémunir ses concitoyens contre le danger d'abattre leurs murailles pour admettre dans leur ville le cheval de bois qui n'est qu'une offrande captieuse de leurs ennemis, Laocoon alors ne nous offriroit plus rien de distinct d'un autre orateur troyen quelqu'il fût ; ce qui démontre qu'un personnage héroïque, pour conserver ce caractère à nos yeux, a besoin de n'être représenté que sous le jour qui le lui consacre par rapport à nous. Boileau vouloit que l'on fut vrai même dans la fable. Son

précepte est très-juste , mais ne va pas assez loin.
Que Médée ne soit pas seulement féroce et indomp-
tée , mais que les fureurs de la jalousie l'emportent
dans son cœur sur les sentimens de la maternité ;
que le peintre et le poète nous la figurent toujours
sur le point d'égorger ses enfans aux yeux de
leur volage père , et que dès le premier aspect
nous ne puissions enfin douter que c'est Médée elle-
même que nous voyons.

Je pressens que l'on va me dire qu'OEdipe est
peut-être la pièce la mieux versifiée de Voltaire. Je
sais qu'OEdipe est pour Voltaire , ce qu'Andromaque est pour Racine , ce que le Cid est pour
Corneille ; et que pour juger du dégré de mérite
de ces trois poètes , il faudroit peut-être prononcer
entr'eux d'après l'ouvrage où se trouvent les premiers indices de leur talent pour la scène , parce
que c'est là que la couleur de leurs genres res-
pectifs se prononce le plus fortement.

Il y a beaucoup de verve dans l'OEdipe de Voltaire , c'est vraiment *OEdipe roi ;* la majesté du
prince est admirablement conservée et dans ses discours et dans ce beau dévouement de s'immoler pour
la patrie. L'attachement des peuples pour sa personne
est aussi très-bien exprimé ; le rôle de Jocaste est
plein de ces belles convenances qui respirent les
habitudes d'une reine et la décence d'une femme
bien élevée , mais l'innocence d'OEdipe n'est pas
marquée en traits assez frappans. Il y a , dans l'OE-
dipe informe de Corneille , une tirade sur la fata-

lité qui est un précieux commentaire de ce dogme
de la prédestination si en vogue parmi les anciens,
et que Voltaire auroit dû reproduire si non dans
la forme, du moins pour le fonds, parce que
c'étoit là le pivot sur lequel tournoit tout l'intérêt
de sa pièce. Quoiqu'il en soit des détails plus ou
moins heureux d'OEdipe, cette tragédie avoit promis
à la France un grand poète de plus, et elle tint parole.

Tourmenté d'une soif insatiable de connoissances,
livré à une lecture immense, doué du génie qui
découvre la nature des choses et du goût qui dis-
cerne leurs propriétés, Voltaire s'éleva rapidement
en France au-dessus de tous ses contemporains,
qu'il tint comme éblouis du vif éclat de sa gloire.
Quatre tragédies, sur lesquelles les avis se partagent pour assigner la première place à chacune
d'elles, Zaïre, Mahomet, Alzire et Mérope ; huit
autres tragédies encore fort belles, OEdipe, Oreste,
Brutus, Sémiramis, la mort de César, Adelaïde
du Guesclin, Tancrède et l'Orphelin de la Chine.
On conçoit à peine que tant de chefs-d'œuvres
soient sortis de la même main !

Quand la France possédoit déjà un si grand
fonds de richesses dramatiques qu'on pouvoit en
quelque sorte croire l'art épuisé, quand la peinture de toutes les grandes passions, le jeu de tous
les petits mobiles de la tyrannie ou de ce que l'on
appelle la politique des cours avoit été mis au jour

sur ses théâtres, quand il ne restoit suivant toute
apparence que des ressorts usés pour remuer l'ame
des spectateurs et tirer des larmes de leurs yeux,
Mahomet vint frapper d'étonnement des hommes
habitués aux grands coups de maître de Corneille ;
Zaïre et Mérope réussirent à porter l'attendrisse-
ment et la pitié théâtrale dans les cœurs encore
émus des douleurs de Roxane et des plaintes d'Andromaque. Pour obtenir ces effets, il falloit cette
vaste étendue de connoissances qui mettoit Voltaire
à même d'embrasser dans ses travaux, l'histoire des
opinions et des mœurs de tous les peuples, et d'en
noter les variations passagères. Son style, dit-on,
n'est pas aussi pur que celui de Racine, cependant il est d'une élégance qui, au débit, ne laisse
rien à désirer ; il n'a pas non plus la concision
énergique des beaux morceaux de Corneille , mais
il est rempli, dans les rôles de Mahomet et de Po-
lyphonte , d'un éclat qui semble tout éclipser. Si
Voltaire avoit trop servilement copié les tours d'i-
dées et d'expressions des deux poètes qui étoient
avant lui les seuls maîtres de la scène, combien
se seroit-on récrié davantage, puisque, quand ces
tours se retrouvent forcément sous sa plume, on
va jusqu'à l'accuser de plagiat. L'envie, a dit Voltaire , est la rouille qui s'attache aux grands noms ;
et ce fut peut-être une ombre favorable à la gloire
de Corneille que les entreprises d'un Scudéry pour
en obscurcir les rayons.

J'ai dû m'arrêter aux plans de deux pièces de

Crébillon , parce que la renommée de Crébillon m'a paru porter entièrement sur ces deux pièces. La description d'une tempête dans Idoménée , le songe de Thyeste , la scène de ce même Thyeste avec sa fille , quelques traits de Catilina et du Triumvirat peuvent se rattacher au trophée de l'auteur de Rhadamisthe et d'Electre; mais tout cela est trop peu de chose en soi pour mériter le suffrage de la postérité. Il m'étoit donc prescrit par mon sujet de déployer tout le mérite des seuls titres de Crébillon à cette prévention honorable qui accompagne toujours son nom ; il n'en est pas de même de celui de Voltaire , dont la seule articulation suffit pour réveiller à la fois toutes les idées de distinctions littéraires. Crébillon est le Rotrou du dix-huitième siècle , supérieur sans doute au Rotrou du dix-septième ; mais il ne sera jamais réputé le successeur de Corneille et de Racine , quoique Radamisthe puisse aller de pair avec les plus belles pièces de ces grands hommes. Paul-Emile , qui dans une seule victoire réduisit le royaume de Persée sous l'obéissance des Romains ; Métellus le Numidique , ainsi surnommé pour avoir vaincu le belliqueux Jugurtha , ne doivent pas être mis sur la même ligne que ces foudres de guerre le divin Scipion , l'invincible César , ou l'homme qui dans un petit cercle d'années auroit gagné lui seul plus de batailles décisives que ces deux Romains ensemble , quoiqu'ils soient regardés comme

les

les plus grands capitaines d'une république militaire qui a duré près de six siècles.

Je ne quitterai pas le théâtre de Voltaire sans insis-
ter sur une observation essentielle qui ne peut manquer d'avoir été faite long-tems avant moi ; mais , ne
l'ayant vue nulle part, je la donnerai comme j'en
ai été particulièrement affecté. En comparant le
théâtre françois du dix-septième siècle avec celui
des autres nations européennes , j'ai cru décou-
vrir pourquoi les étrangers , qui conviennent le
plus volontiers de la supériorité de Molière dans son
art sur tous ceux qui l'ont professé ailleurs , ne
partagent que foiblement notre admiration pour
Corneille , et ne la conçoivent pas du tout pour
Racine ; c'est qu'ils ne reconnoissent pas la muse de
la tragédie à notre Melpomène. La vue est de tous
les sens celui dont on sépare le moins les jugemens
de l'esprit. Et qu'est-ce qu'un drame sans action ,
une tragédie où la catastrophe n'est qu'en récit ?
Sans doute Voltaire aura entendu faire ces remarques en Allemagne , en Angleterre et en Hol-
lande , où il fréquenta par-tout les hommes les
plus distingués par leur éducation , leur naissance
ou leur mérite. Ce qui vient à l'appui de mon
observation c'est que jusqu'à sa sortie de France,
Voltaire n'avoit rien innové dans la disposition de
ses dénoûmens ; mais qu'il n'y fut pas plutôt de
retour qu'il donna Zaïre , pièce où la présence même
du danger jette l'ame dans ces agonies de ter-

3

reur qui sont les véritables émotions de la tragédie. Mahomet parut dix ans après pour compléter l'impression, et une école dramatique nouvelle exista dès-lors pour la France. Corneille disserte,
Racine converse, et Voltaire agit.

Quelle ame, quelle continuité d'action dans les
tragédies de Voltaire ! Jamais il ne tombe dans
cette langueur qui trompe le progrès de la sensi-
bité et la répercute en quelque sorte jusqu'au fond
du cœur. Quelle économie dans les sujets, quelle
sagesse dans les caractères ! jamais cette enflure
gigantesque qui choque davantage dans les proportions plus fortes des héros que ne feroit la dif-
formité d'hommes ordinaires. Que de vigueur et de
hardiesse dans ses catastrophes ! c'est là qu'il a
surpassé ses prédécesseurs, et n'a lui-même été
surpassé qu'une seule fois, avant ou après lui,
je veux dire dans le cinquième acte de Rodogune,
qui est le dernier effort de l'art. Corneille regar-
doit Rodogune comme la meilleure de ses pièces,
quoique tout le public se fut déclaré pour Cinna. Racine préféroit Britannicus, qui n'avoit pas réussi, à
celles de ses autres tragédies qui avaient eu le plus de
succès. Voltaire ne nous a point appris pour lequel
de ses ouvrages dramatiques il se sentoit de la
prédilection ; mais le tour de son esprit n'indique t-il
pas clairement que c'étoit Mahomet ? Il y a un
trait dans cette pièce qui mérite un commentaire
particulier.

Dans la tragédie du Roi Léar de Shakespeare ;
le roi, à qui l'on vient de montrer un homme
privé comme lui de l'usage de sa raison, s'écrie :
« A-t-il tout donné à ses filles » ? Hélas ! lui-même
avoit tout donné à ses filles, et l'état déplorable
de démence où il se trouvoit réduit n'étant que
l'effet de leur ingratitude, il ne conçoit pas d'autre
malheur possible que celui qui a dérangé son cer-
veau. Partant du même principe, Voltaire fait
dire à Mahomet : « Je suis ambitieux, tout homme
l'est sans doute ». Se trouveroit-il quelqu'un assez dé-
pourvu de réflexion pour ne pas comprendre le
dernier hémistiche de ce vers ? C'est-à-dire, quelqu'un qui eût besoin de se faire expliquer que Mahomet n'imagine pas que celui-là soit un homme
en un mot qui n'est pas ambitieux comme lui.

Je ne crois être que juste en soutenant que Voltaire a mérité de compléter pour la France un
triumvirat pareil à celui dont s'honoroit l'ancienne
Grèce dans Eschyle, Sophocle et Euripide. L'as-
périté de quelques critiques ne me déconcertera
point. Et quels sont-ils, les critiques qui pourroient
porter atteinte à ses droits ? Je me contenterai de
rappeler à ceux qui ont fait à ce poète le reproche
d'immoralité dans son théâtre, la scène de Zo-
pire et de Mahomet, la plus sublime qui soit écrite,
si le triomphe de la seule vertu sur le génie et la
puissance réunis est de l'aveu de tout l'univers le

plus beau spectacle dont l'œil humain puisse être
frappé ; à ceux qui l'accusent d'impiété , la mort
de Don Gusman dans Alzire , chef-d'œuvre du véritable esprit du christianisme ; enfin, aux Zoïles
téméraires qui condamnent dans Voltaire ses passages philosophiques , ses sentences de morale et
jusqu'à ses maximes d'humanité, l'exemple d'Euripide , autorisé par l'approbation de Socrate qui
n'assistoit jamais qu'aux pièces de ce poète. Et ne
sait-on pas combien les pièces d'Euripide étoient par-
semées de ces réflexions lumineuses , si propres
par leur brièveté et par la mesure du vers à se
graver dans la mémoire , et à être heureusement
citées dans les occurrences habituelles de la vie !

Ce n'étoit pas assez pour la patrie des lettres grecques , pour la savante Athènes d'avoir vu briller sur
le théâtre de sa république les chefs-d'œuvres immortels des Sophocle , des Euripide et des Eschyle. Aga-
thon et plusieurs autres eurent le mérite difficile de
satisfaire un peuple devenu familier avec les écrits
de ces hommes prodigieux , et dont la rigueur devoit
être excessive en raison du mérite de ces écrits. Paris,
l'Athènes moderne , a vu aussi après Corneille , Racine et Voltaire, une foule de poètes distingués s'em-
presser à l'envi sur les pas de ces trois modèles de la
scène françoise dans la carrière qu'ils avoient si noble-
ment fournie. C'est ici le lieu de faire remarquer combien Crébillon , Saurin, Lemierre, du Belloy , Messieurs Ducis et Chénier l'emportent sur Mairet , Tho-

mas Corneille, Rotrou, la Grange-Chancel et Campistron, tant pour la science générale du théâtre que
pour le fini de la composition. Dans le grand nombre de tragédies qui nous sont restées des poètes de
seconde classe du dix-septième siècle, presque toutes
ont mérité la flétrissure qui les condamne à l'oubli.
Six ou sept, tout au plus, peuvent supporter une
honorable exception. Vinceslas, Ariane, le comte
d'Essex, Médée et Andronic; je n'ose nommer qu'a-
vec hésitation Sophonisbe et Camma pour remplir le
nombre auquel je me suis peut-être indiscrètement
hasardé. Mais Inès de Castro, Didon, Spartacus,
le Siége de Calais, Manlius, Hypermnestre, OEdipe
chez Admète, Mahomet second, Philoctète, Charles IX sont des pièces qui parlent plus haut que je ne
pourrois le faire en faveur des poètes du dix-huitième
siècle. Les unes pleines de ces beautés pittoresques
d'illusion et d'effet qui font le principal charme de
tous les arts d'imitation ; les autres de ces pensées
neuves, de ces expressions heureuses et qu'on appelle trouvées, qui sont pour le spectateur ou pour
le lecteur comme le dédommagement et la récompense de sa longue attention : toutes enfin dignes de
se trouver placées sur notre répertoire dramatique
après les ouvrages de nos premiers maîtres.

Il est donc vrai que la prétendue décadence de la
tragédie françoise, pendant le dix-huitième siècle,
n'est qu'une de ces idées chimériques qu'il faut ré-
léguer parmi tant d'autres, dont on fait inconsi-

dérément beaucoup de bruit ; car , si l'on admet que la tragédie , avant le dix-huitième siècle , eût atteint son plus haut point de splendeur , n'est-ce pas tout qu'elle ait su s'y maintenir sous Voltaire., Crébillon , et leurs successeurs ?

La comédie de Molière avoit été dénaturée avant la fin du dix-septième siècle. Des masques , en espèce de grotesques , avoient remplacé les caricatures hideuses ou plaisantes de Tartuffe et d'Orgon. Ce n'étoit plus la foiblesse d'esprit livrée au ridicule , ou le vice poursuivi par l'infamie jusques dans son derdier repaire ; ce n'étoit plus la fausseté érigée en manières , la coquetterie en principes , comme dans cette admirable satyre en cinq actes , intitulée le Misantrope. On représentoit un joueur plein d'esprit , se livrant gaîment à sa passion ruineuse , et finissant , après des pertes énormes , par se trouver au dénoûment tout aussi riche qu'auparavant. On voyoit un sordide légataire développer les plus honteux replis du cœur humain , et réussir , par des artifices dignes des trétaux de la foire , à surprendre en sa faveur les dernières volontés d'un oncle bénévole. Ainsi la vieillesse confiante et foible se trouva livrée , sur le bord même de la tombe , à la risée de la malveillance. On avoit accusé Molière de décrier la vraie piété dans les dehors du Faux Dévot ; et si le reproche n'est pas sans quelque fondement , qui ne conviendra pas ici des raisons plus fortes qui existent

contre la tendance immorale des comédies de Regnard ? Un style mal lié dans ses parties, mais
plein de saillies piquantes, substitué à cette diction vive et naturelle, à ces traits de vérité qui
abondent dans Molière, et qui semblent comme
jaillir d'une source inépuisable. La mode exerçant
son empire au soutien du genre que nous venons
de décrire, voilà sous quels auspices défavorables
parut Néricault-Destouches quand il devint le res-
taurateur de la haute comédie.

Les sujets de la tragédie sont aussi nombreux que
les variétés des passions dont elle traite ; mais il
n'en est pas de même des sujets de la comédie.
On supposeroit le contraire, au premier coup-
d'œil, parce que les personnages de la comédie,
pris de l'universalité des hommes, semblent com-
porter plus de diversité que les représentations de
la tragédie, qui n'admettent que des héros et des
rois ; mais sur un examen plus attentif, on se
convaincra que quelque malheureusement multi-
pliés que soient nos vices et nos folies, il n'est
qu'une seule face sous laquelle la comédie puisse
nous les montrer avec fruit. L'exemple de Molière
même, est un préjugé très-fort en faveur de mon
observation, puisqu'il est vrai que Molière a cru
ne pouvoir mieux faire que d'emprunter de l'antiquité plusieurs de ses caractères principaux. C'est
ainsi qu'avec lui l'Enclion de Plaute prend le nom
d'Harpagon, et qu'Amphytrion et Sosie reparoissent

sous les mêmes qu'autrefois. Si les sujets originaux
étoient déjà si rares du tems de Molière, combien
dûrent-ils l'être davantage après plus de trente
comédies qu'il avoit laissées ? Régnard et Dancourt, dont la célébrité date du dix-septième siècle,
quoiqu'ils aient continué d'écrire après le commencement du dix-huitième, Regnard et Dancourt,
sans avoir rien de commun avec Molière, ne lais-
sèrent pas d'ébaucher à leur manière quelques
portraits oubliés par celui-ci. L'esprit d'épigramme,
l'allusion forcée, sont remarquables dans les comédies
de Dancourt, comme la finesse du trait, la légèreté de la touche le sont dans celles de Regnard ;
Mais ni l'un ni l'autre ne me paroissent avoir
assez approfondi le cœur humain pour faire époque
après Molière.

Si la comédie ne doit être que la conversation
des honnêtes gens, celui qui, comme Néricault-
Destouches, a porté le raffinement de cette conversation des honnêtes gens jusqu'au ton de la meilleure compagnie, n'a-t-il pas fait infiniment pour
le plaisir des premières classes de la société ? On
lui reproche d'avoir énervé ses caractères ; mais le
rôle du Dissipateur a bien la couleur qui lui con-
vient ; que dire donc de celui du Glorieux ? Il
faut se souvenir que les erreurs de conduite, et les
manies de société n'offrent pas à la muse comique ces larges déploiemens dont est suscesptible la
peinture d'une passion honteuse, ou d'un vice dé-

testé. Or, les fautes qu'on impute à Destouches, ne se rapportant ni à la conduite de son intrigue, ni à sa poésie, ses torts seroient les mêmes qu'on avoit depuis longtemps reprochés à Térence, et dont Ménandre n'avoit pas été, dit-on, plus exempt que lui. Quelle glorieuse imperfection, pour le premier comique du dix-huitième siécle, de n'avoir failli que comme les deux plus illustres favoris de Thalie à Rome et dans la Grèce !

Destouches, profitant du progrès grammatical que la langue françoise avoit fait de son temps, a donné du nombre aux vers de la comédie dont le style avoit été souvent trop dégradé dans Molière, comme trop décousu dans Regnard. Il avoit tant fait par ses exemples, que les mauvais termes et les négligences de syntaxe devinrent impardonnables après lui. Aussi, c'est à lui que je crois que l'on doit rapporter et la hauteur à laquelle s'est élevée la diction comique dans la Métromanie de Piron, et l'extrême correction du langage dans le Méchant de Gresset.

La Métromanie, pièce froide d'intrigue, et qui ne prête qu'à un cercle fort peu étendu de situations théatrales, offre, depuis le commencement jusqu'à la fin, une facture de vers si savante, et à la fois une si grande profusion de riches images et de tours éloquens, qu'il seroit difficile de rendre assez amplement justice à son mérite. La scène de Damis et de Baliveau, pleine d'ailleurs de force co-

mique, est d'une chaleur de verve si grande qu'il n'y a
point d'épithète pour la qualifier, si on lui refuse celle
de sublime. Ce n'est pas seulement une excellente
scène de comédie, c'est un chant héroïque consa-
cré aux Muses par l'enthousiasme d'un de leurs
nourrissons. Qui peut résister à l'exaltation de Damis et ne point convenir avec lui qu'il a raison
de faire des vers malgré Minerve, lorsqu'Apollon
lui en inspire d'aussi beaux ?

Le Méchant est, de toutes les pièces du théâtre
françois, celle qui justifie le plus complètement ce
que dit Cicéron, qu'il y a deux sortes de vices,
le vice de l'homme et le vice du siécle. Il n'y a presque rien à reprendre dans la conception de tous ses
personnages ; et non-seulement sont-ils de la plus
stricte exactitude en eux-mêmes, mais encore remplis
de beautés relatives, les interlocuteurs se faisant
toujours valoir les uns les autres par un intérêt
réciproque de situations. Cependant tout cet intérêt compliqué perd infiniment de nos jours, parce
que les perfidies de société, quoique peut-être aussi
communes à présent que du temps de Gresset, ne
sont plus de mode comme alors. Le monde peut
bien fourmiller encore de méchans, mais il ne
s'y rencontre point de Cléon, c'est-à-dire, d'homme
d'un esprit transcendant, faisant de la noirceur de
son ame un sujet d'ostentation, et mettant sa
gloire et son plaisir dans la haine de tous ceux
qui le connoissent. Dans les mœurs actuelles une

perversité si dangereuse ne réussiroit plus. Le Méchant peut revendiquer d'autres beautés, et celles-là sont de tous les tems et de tous les pays. Tant qu'il continuera d'exister de vastes capitales où les lettres seront cultivées, tant que l'esprit donnera de la distinction à ceux qui ont eu le bonheur d'en recevoir l'heureux don des mains de la nature, la diatribe sur les petitesses des auteurs, sur la bassesse des protégés et la bêtise des protecteurs, sur la vanité des réputations, et les causes inexplicables de la réussite de certains ouvrages, continuera d'être reçue avec transport par quiconque se piquera de jugement et d'urbanité. Je paroîtrai téméraire peut-être, mais pourquoi résisterois-je à la force de l'admiration que me cause la comédie du Méchant ? Je proposerai mon sentiment comme une question. Lecteurs, dites-moi donc si, parmi vous, le plus grand nombre ne s'est pas avoué quelquefois à lui-même, à la représentation du Méchant, qu'il n'y avoit rien au-dessus de cette comédie.

Piron et Gresset n'ont produit chacun qu'une seule pièce de caractère, et la disette de sujets que j'ai remarqué en est sans doute la raison. Destouches avoit fait dans la Fausse-Aguès une parodie charmante de l'Ecole des Maris. Encouragé par son succès, M. Fabre-d'Eglantine fit longtems après le Philinte de Molière, qui est une autre parodie du Mysantrope. C'est tout dire en faveur du Philinte de Molière d'a-

vancer qu'il ne dépare pas son titre ; mais son dé-
noûment dégénère dans ce genre mixte qu'on appelle la comédie héroïque, et dont on ne sauroit trop se garder, car la prétention de faire à la fois de l'esprit et du sentiment n'est en effet qu'une contradiction. Sur la fin du siècle un nouvel auteur comique le plus fécond que l'on eût vu depuis Destouches vint essayer à son tour de former les hommes à la vertu par le spectacle de leurs vices. M. Colin-d'Harleville que les lettres pleurent encore, et dont un ami doué du même talent que lui, nous a fait tout récemment l'éloge historique le plus touchant ; M. Colin-d'Harleville par son goût et sa naïveté, par cette facilité heureuse de mettre autant de grace dans les détails que d'énergie dans l'ensemble, est parvenu à nous laisser un recueil précieux des plus fines observations de la nature humaine. Il y auroit peut-être plus tard quelques restrictions à faire sur ces éloges, mais il ne doit pas être permis à la critique de fouler même légèrement la cendre encore chaude de l'homme qui a travaillé pour l'immortalité.

On m'a demandé si je parlerois encore d'un homme aux ouvrages duquel a long-tems couru tout Paris. Est-ce Cervantes le plus inventif des romanciers, le plus passionné des auteurs comiques de son pays qui renaît de sa cendre et quitte l'Espagne pour venir se naturaliser parmi nous ! C'est lui ou c'est Beaumarchais : Beaumarchais, me dira-t-on, n'est pas un poète ; à ce titre, Aristophane n'étoit qu'un parodiste d'Euripide ; mais ce parodiste n'en couvrit pas moins de ridicule le démagogue effréné qui, parce qu'il avoit pour lui la populace d'Athènes, s'attaquoit arrogamment à Périclès. Qu'on dise aussi que Molière n'est pas un poète dans l'Avare, sa pièce en sera-t-elle moins bonne ? Il en est de même du Barbier de Séville et du Mariage de Figaro, où Beaumarchais verse les flots amers de la dérision, non pas comme on l'a prétendu, sur des institutions respectables, mais sur ces hommes qui, préposés par un gouvernement pour veiller aux droits de leurs concitoyens, se jouent arbitrairement de ces droits, et ne s'occupent dans l'exercice de leurs places que de ce qui leur en assure les prérogatives. Toutes ces choses n'ont pas besoin d'être écrites en vers pour être fortement senties, et la popularité des pièces de Beaumarchais l'a prouvé. On a dit que ces deux comédies si originales, étoient l'école publique du crime; leur fable seule devoit rendre ridicules d'aussi vagues imputations ; que ne prétend-t-on aussi que Richardson, en donnant à Lovelace tous les talens de la séduction, a voulu le proposer, non comme un exemple à fuir, mais comme un modèle à imiter !

J'en ai dit assez, je crois, pour venger la comédie du 18.e siècle du reproche de stérilité qu'on lui fait, et pour donner l'idée de son mérite particulier. Tandis que la tragédie augmentoit en énergie, en mouvement et en pompe de représentation ; qu'il ne suffisoit plus, pour elle, de toucher foiblement, de plaire ou de convaincre , mais qu'il lui falloit tenir l'ame du spectateur dans les anxiétés continuelles de la compassion et de l'effroi ; la comédie , lasse de n'être qu'un objet de bouffonnerie , prenoit un maintien plus composé , et tâchoit d'intéresser même en amusant. Peut-être , en m'attachant à faire ressortir avec plus d'effet le dix-huitième siècle par le contraste du dix-septième , aurai-je franchi la limite prescrite à mon travail , mais l'idolâtrie des françois pour leur théâtre , est une amorce à laquelle je n'ai pu résister ; et si mes juges y trouvent l'infraction de leurs lois , je me dévoue.

Je quitte les auteurs dramatiques pour songer à toi , Louis Racine, toi qui dans tes chants didactiques, vins enseigner aux hommes les merveilles de la religion et leur montrer les voies de la grace ! Héritier du sistre d'or de ton père, il rendit sous tes doigts harmonieux des sons aussi purs que les chœurs d'Esther et d'Athalie , et jamais une ame plus angélique ne fut dans un accord plus parfait , avec des chants dignes des cieux. Soit que tu prisses à tâche de prouver la parole des prophètes , soit que tu entreprisses de venger la providence des clameurs outrageuses de l'homme ingrat , toujours les expressions se trouvent ou solemnelles , ou terribles, ou consolantes , comme la gloire de Dieu , son courroux ou sa bonté. Salut, poète estimable , tes vers immortels comme ceux de ton père, prouveront à jamais qu'un grand nom n'est pas pour tous les hommes un fardeau tiop lourd à supporter !

Louis Racine n'est pas le seul en France qui ait fait brûler l'encens poétique dans le temple de Jéhovah. Le dix-huitième siècle étoit à peine ouvert, que Jean-Baptiste Rousseau s'étoit empressé de versifier les pseaumes de David et les cantiques d'Isaïe. C'est dans ces chants hébreux que la poésie prend un essor vraiment sublime. On croiroit entendre la harpe du roi prophète , ou cette musique sacrée d'Handel et du Pergolèse , qui enlève l'ame au-dessus de la sphère des affections terrestres. Malheur à ces critiques impassibles , qui , étrangers aux transports d'un noble enthousiasme , osent traiter d'extravagance et de déraison les hardiesses du poète qui se sent échauffé du souffle brûlant de l'inspiration divine !

La France avoit , depuis long-tems , le premier Racine , quand elle donna l'épithète d'harmonieux à Jean-Baptiste Rousseau. Il n'a pas été le créateur de l'ode dont Malherbe avoit donné le modèle dès la fin du seizième siècle ; on lui refuse aussi l'élévation de Pindare et l'abandon philosophique d'Horace ; mais privé même de tant d'avantages essentiels , ce poète majestueux par l'audace de ses expressions , par la belle cadence de ses strophes , par la rondeur de sa prosodie , n'en a pas moins porté notre poésie lyrique à un degré d'éminence inconnu tout-à-fait jusqu'à lui. On l'accuse de monotonie , mais est-ce avec aucune apparence de justice ? Quoi ! la Jérusalem délivrée est toute en octaves , et l'on ne permettra pas douze fois dans notre langue le retour d'une mesure

uniforme ! que deviendra donc l'invariabilité des rè-
gles , si , selon l'application qu'on en fait, on exerce
arbitrairement le droit de les récuser ou de les admettre ? D'ailleurs cette ode à la Fortune, où la critique
reproche à Rousseau de n'avoir pas assez diversifié la
coupe de ses vers , est si pleine de grandes pensées ,
et ces pensées sont tellement rangées à leur place ,
qu'après sa défaite à Dénain , le prince Eugène ,
jusqu'alors victorieux , ne put s'empêcher d'avouer en
la citant avec amertume , que le poète françois avoit
eu raison de dire que l'estime où le vulgaire tient
les héros , dépend absolument de leurs succès ou de
leurs revers.

Rousseau a prouvé , dans ses Cantates, qu'il pouvoit
plier son génie à tous les rhythmes ; il en a même introduit de nouveaux dans notre poésie; et jusqu'à ce
qu'il se trouve un poète lyrique , qui tire un plus
grand parti que lui de la flexibilité de notre langue ,
qui possède au même degré le talent de faire oublier,
par le prestige des vers , la contrainte occasionnelle
du sens ; jusqu'alors , dis-je , Rousseau continuera
d'être regardé comme le prince de l'ode parmi
nous.

M. de la Harpe a cité une strophe de l'ode de le
Franc de Pompignan sur la mort de Rousseau ,
qu'il regarde comme la plus belle qu'il y ait en
françois. En admettant la validité de ce jugement ,
il ne s'ensuivroit pas qu'une seule strophe pût balan-
cer le mérite d'une ode entière , d'une ode telle , par

exemple ,

exemple , que celle de Rousseau sur l'Armement des
Turcs en 1715. Nous avons aussi de M. le Franc des
poésies sacrées ; c'est là qu'on peut établir la mesure
proportionnelle de son talent et de celui de Rousseau.
Pour les essais de l'abbé de Boisgelin et de tant d'autres, ils n'ont fait que confirmer le public de plus en
plus dans l'opinion qu'il avoit du mérite lyrique de
Jean-Baptiste. Messieurs de Fontanes et Lebrun pro-
mettoient une rivalité plus intéressante ; ce sera pro-
bablement à la suite du dix-neuvième siècle à révéler
les secrets de leurs porte-feuilles qu'ils nous ont tenus
si opiniâtrément cachés jusqu'ici.

Si j'avois à marquer toutes les phases de la
poésie françoise pendant le dix-huitième siècle , des
volumes entiers seroient insuffisans. C'est ici que je
m'apperçois que ce Tableau littéraire , loin de pouvoir remplir son titre , ne peut être tout au plus
qu'une esquisse légère des objets qui doivent y figu-
rer. A peine ai-je le loisir d'effleurer chaque genre ,
moins encore de caractériser chaque auteur. L'espace
se déroule devant moi comme une de ces plaines sans
bornes qui n'offrent pas un seul point de repos aux
yeux du voyageur. Je me sens à regret forcé de ne
point m'arrêter aux poèmes philosophiques de Voltaire , qui ont du moins sur ceux de Pope l'avantage
que leur auteur s'entendoit lui-même et ne rimoit
pas les idées d'autrui ; à ces satyres si pleines de sel
attique ; à ces contes plus faciles que ceux de Lafontaine ; à cette ode sur les désagrémens de la vieillesse ;

4

digne du protégé de Mécène , car j'appelle toujours
ode une collection de stances sur le même sujet ; à
ces poésies fugitives enfin qui semblent courir sous
la plume , et hâter le sens des mots , pour arriver au
trait qui les termine toutes.

Nous avons balancé les unes par les autres les productions du dix-septième siècle et celles du dix-huitième ; la comparaison est l'œil de la critique , et
plus nous avancerons , plus sa lumière nous man-
quera. Le parallèle a même dû cesser lorsque nous
sommes arrivés au poème didactique , parce qu'il n'y
avoit aucun rapprochement possible entre le genre
de Boileau et celui de Louis Racine. Nous arrivons
au genre descriptif où Delille n'a point de concur-
rent.

Je considérerai d'abord Delille comme un traducteur , c'est son plus ancien titre à la renommée.

La première condition du traducteur , pour par-
venir à la célébrité , est de choisir pour originaux
des auteurs fameux dans leur propre langue ; il
doit ensuite se pénétrer du génie de ces auteurs , et
son propre talent fera le reste.

Toute autre langue que la langue angloise devoit
succomber sous le génie de Milton ; la seule mention
en vers françois des instrumens aratoires devoit rendre impraticable toute tentative qui auroit pour but
de nous transmettre les beautés des Géorgiques ; telles
étoient les préventions. Eh bien , ces deux téméraires

entreprises ont été couronnées du succès le plus complet , et c'est notre siècle qui s'est applaudi de ces merveilles.

Si la question de pouvoir écrire un poème épique en vers françois , n'avoit été qu'imparfaitement décidée par la Henriade , elle l'est aujourd'hui dans toute sa plénitude. Une lice nouvelle vient de s'ouvrir , et l'Iliade doit aussi trouver un Pope parmi nous , puisque l'Enéide a déjà été mieux rendue dans notre langue que par Dryden dans la sienne.

Une souplesse inconcevable de talent et qui lui permet de se plier à tous les sujets poétiques , un luxe d'images dont il n'y avoit point d'exemple , une délicatesse d'oreille à laquelle aucune fausse consonnance n'échappe ; voilà les qualités que réunissoit Delille pour devenir en France le créateur de la poésie pittoresque. Voltaire , Boileau et d'autres poètes ont donné quelquefois des descriptions fort heureuses, mais ces descriptions ne forment pas l'essence même de leurs ouvrages ; au lieu que si l'on entreprenoit de retrancher celles qui se trouvent dans les poèmes de Delille , tout le matériel de ces poèmes disparoîtroit aussitôt comme un prestige. Heureux prestige qui nous figure la nature entière , et fait passer comme en revue devant nous les sables brûlans de l'Ethiopie, les glaces des cercles polaires , les mers , les fleuves , les volcans , enfin tout ce qui entre dans la composition de notre globe ou varie sa surface, et dans une telle multiplicité de perspectives que la vie entière de

l'homme seroit trop courte pour les parcourir dans
la réalité !

Des hommes superficiels reprochent à Delille le
vice ou l'irrégularité de ses plans. Vouloient-ils qu'il
alignât ses pensées comme les allées de ces jardins à
la magnificence desquels il plaint les rois d'être con-
damnés ? Qu'ils sachent donc que quiconque veut
être le peintre de la nature doit imiter ses bonds irré-
guliers dans les tableaux inanimés comme dans les
scènes vivantes du passage de l'homme sur la terre.
C'est par la manière dé heurter les contrastes que
l'attention est sans cesse tenue en haleine. La douleur a ses éclats et ses muettes rêveries. La verdure
rembrunie des prés tranche bien sur les pierres blan-
chies qui indiquent le lit desséché du torrent.

Quel spectacle plus frappant pouvoit être offert à
la méditation des hommes que Marius qui, après
avoir été cinq fois consul, vient chercher un refuge
contre les sicaires du parti de Sylla parmi les ruines de
Carthage ? Delille renchérit cependant ici sur le trait
historique, en donnant une ame aux débris de cette
puissante ville, et en appelant Marius un autre débris. Il identifie ainsi deux grandes infortunes pour
leur procurer un sujet de consolation mutuelle. Qui
ne se souvient encore de cette réflexion tant citée sur
les ruines de Rome, dont la masse indestructible a
fatigué le tems ? Ce n'est pas ici la beauté de l'expression qu'il faut remarquer, elle doit rester anéan-
tie sous la grandeur de la pensée.

Il faut suivre Delille dans son Poème des Jardins, pour avoir une idée de l'incroyable variété de ses pinceaux. Tantôt il prélude à la traduction du Paradis Perdu par la description du jardin d'Eden ; tantôt il fond sur sa riche palette les teintes magiques des jardins d'Alcine et d'Armide ; tantôt il recueille dans Homère la simple ordonnance des Jardins d'Alcinoüs ; tantôt enfin il se rend notre guide dans les parcs des rois de l'Europe ou dans les jardins de ses princes. Il s'est lassé de marcher sur la trace des poètes ; et du cercle étroit des beautés positives, il s'élance hors de toutes les dimensions connues, embrasse la nature entière, et dans ce cadre immense renferme tant de situations âpres ou douces, riantes ou sauvages, que tous les jardins que le luxe a jamais exécutés, réunis ensemble, ne formeroient que le sommaire incomplet de ses idées.

A peine Delille avoit-il publié sa traduction des Géorgiques, qu'il passa, d'une commune voix, pour le plus grand versificateur du siècle. Personne, en effet, ne paroît avoir mieux entendu que lui le mécanisme du vers, c'est-à-dire, la décomposition de ses parties et leur rétablissement dans l'ordre naturel. En transportant le repos de l'hémistiche, lorsque la pause du sens paroît l'exiger, de la place ordinaire qui lui semble invariablement assignée, Delille augmente à la fois et la force et l'énergie de son expression ; mais quand il prodigue inutilement cette ressource, il tombe dans l'inconvénient de blesser l'oreille par l'interruption de la quantité prosodique sans laquelle il n'y a plus de vers. De mal-adroits imitateurs de Delille ont cru justifier cet abus par la prétention qu'il y avoit trop de monotonie dans la poésie françoise, et que c'étoit là le seul moyen d'y remédier. Ce spécieux langage de leur part feroit croire qu'ils ont voulu autoriser leurs erreurs d'un exemple si recommandable, comme s'ils avoient acquis *le droit de faillir comme lui.*

Après Delille, de quels poètes me reste-t-il à faire mention pour terminer cette longue notice ? Sera-ce de St.-Lambert, ce foible imitateur de Thompson, qui ne peut expier à mes yeux, par quelques beaux vers, l'inertie constante de son Poème des Saisons ? Sera-ce de Roucher, l'auteur des mois, qui, quand il avoit pu réunir les syllabes les plus rudes, les mots les plus mal-sonores, appeloit cela de l'harmonie imitative ? Vanterois-je la Pétréide de Thomas, attendue si long-tems comme un chef-d'œuvre, et sur le compte de laquelle quelques fragmens qu'il en détacha suffirent pour désabuser le public ? Non, mais je louerai l'auteur du drame de Mélanie, quoique je ne partage point l'opinion de ceux qui comparent son style à celui de Racine par un de ces éloges outrés qui côtoyent l'ironie. Je rendrai encore justice à Gilbert, quoique, dans l'art des Lucile et des Juvénal, il ait à peu près soutenu la contre-partie de tout ce que j'avance aujourd'hui.

Je m'arrête à Gilbert, ce jeune homme atrabi-

laire, qui se vengea d'une manière si sanglante
sur les chefs de notre littérature des injustes dédains
qu'ils lui avoient montrés. Jamais, depuis Boileau, la
satyre n'avait été maniée dans notre langue avec
cette supériorité. Pourquoi, demandoit le roi d'Angleterre Charles II à Waller : pourquoi vos vers,
pour le protecteur Cromwell, valoient-ils beaucoup
mieux que ceux que vous m'adressez tous les ans ?
C'est, répondit le Poète lauréat, parce que nous
autres enfans des Muses, nous réussissons beaucoup mieux dans les fictions que dans les vérités.
N'en seroit-il pas de même des deux satyres de
Gilbert, où il diffame avec tant de succès tous les
écrivains les plus illustres de son temps ? Semblable
à ces anciens iconoclastes qui se complaisoient à renverser les statues de ces Dieux qu'invoquoit le reste
des hommes.

Gilbert étoit poète ; il l'a prouvé non-seulement dans ses satyres, mais dans ses deux odes,
l'une sur le Jugement dernier, l'autre sur le Com-
bat d'Ouessant. Cette idée d'un port dans l'escla-
vage, dont les débris s'indignent d'obéir à deux
rois, est de la plus haute poésie. Le Franc de
Pompignan, que je ne comparerai ni à Rousseau
ni à Delille, étoit poète ; son ode sur la mort
de Jean-Baptiste Rousseau, son excellente traduction du poème d'Hésiode, sur les travaux des mois
et des jours, sa tragédie de Didon sont des titres

qui lui assurent un nom distingué dans les lettres.
Colardeau étoit poète, je ne dirai pas poète du
premier ordre dans ses pièces de théâtre de Caliste
et d'Astarbé, ou dans sa traduction d'un chant noc-
turne d'Young sur l'Immortalité de l'ame, mais
dans son épître d'Héloïse, que toute la France a sue
par cœur; si elle est inférieure à celle de Pope pour
les beautés descriptives, elle l'égale du moins pour
les transports érotiques qui y sont rendus dans toute
la vérité du caractère et de la situation. Desmahis
étoit poète; cet auteur charmant à qui Voltaire
adressa une épître si aimable, et qui la méritoit.
Duresnel, qui rendit en vers françois la Métaphy-
sique obscure de Pope; M. de Saint-Ange, le traducteur élégant d'un choix des Métamorphoses d'O-
vide; Dorat, qui abusa de sa facilité; La Chaussée,
qui prit pour modèle de ses pièces l'Andrienne de Térence, et qui est devenu à son tour le modèle de
tous ceux qui voudront mettre sur la scène le tableau
des affections douces du cœur humain; Sédaine, Fa-
vart, M. Bouilly, ces auteurs d'opéras comiques,
dont les ouvrages courent toute l'Europe; Messieurs de Boufflers, de Parny, de Bertin et de
Ségur, qui, par la légèreté de leur badinage avec
les Muses et le ton de leurs productions, méritent
d'être mis beaucoup au dessus des Lafare, des Voi-
ture, des Benserade et des Chaulieu, dont ils ont
remplacé le genre par un genre infiniment plus délicat : voilà la galerie que je présente pour réhabiliter

le dix-huitième siècle dans ses droits , et le venger de l'absurde déni de tout mérite poétique.

Je n'ai point encore parlé du Ververt et de la Chartreuse de Gresset, de l'opéra de Thétis de Fontenelle, de ses églogues ; des Idylles de Léonard et de Berquin ; du printems d'un proscrit de M. Michaud ; du jour des morts de M. de Fontanes , que je compare à l'élégie de Gray sur un cimetierre rustique , c'est-à-dire , à un des plus admirables morceaux de la poésie angloise ; des fables de M. Aubert supportables encore après celles de Lafontaine ; des romances de Florian , des vaudevilles de Messieurs Piis et Barré ; ces deux derniers genres si analogues au caractère françois à la fois tendre et gai , railleur et sentimental. Je regrette qu'il ne m'ait pas été possible de parler , en son lieu , du poème de la Grèce sauvée, attendu avec tant d'impatience par tous ceux auxquels l'auteur en a lu des morceaux détachés. Ne pouvant faire la juste appréciation de tant de richesses , je dois pourtant les énumérer avec orgueil au soutien de la proposition que j'ai émise , que jamais tems n'avoient été plus productifs pour les lettres que cette époque du dix-huitième siècle dont on cherche si persévéramment à éteindre le lustre. Quoique l'on ait fait , quoique l'on fasse encore , l'entreprise est vaine ; il ne sera jamais classé parmi ces âges obscurs qui , n'ayant jetté aucunes clartés sur leur passage , sont dans la chronologie comme des espaces vides qui se trouvent entre les époques mémorables !

SECONDE PARTIE.

L'Éloquence, selon Quintilien, n'est pas l'art de persuader. L'éloquence n'est pas susceptible d'être définie ; on peut raisonner de ses moyens et de ses résultats, mais on ne peut expliquer ce qu'elle est dans l'acception positive. Tout ce qui, dans un écrit, dans un discours, frappe l'ame d'une commotion extraordinaire ; tout ce qui porte conviction à l'esprit ; tout ce qui émeut profondément le cœur, est de l'éloquence. Je ne dis pas pour cela que ce soit l'éloquence dans son sens absolu, parce que je ne conçois pas même comment une idée complexe peut trouver son application dans le simple énoncé d'un mot.

Dans les républiques anciennes on divisoit l'éloquence en trois genres principaux : celui de la place publique, celui du barreau, et celui des écoles philosophiques. Le premier de ces genres d'éloquence s'est perdu parmi les modernes, ou du moins s'est très-abâtardi. Comment dans ces assemblées d'États et de parlemens, simulacre vain de ces réunions en corps de tous les membres des cités souveraines d'autrefois, attendroit-on des orateurs cette énergie *native* qui, comme dit Bossuet, semble appartenir exclusivement à la patrie de l'éloquence !

Le second étoit à Rome dans une si haute estime que les patriciens et les personnages consulaires ne dédaignoient pas de devenir les avocats de leurs cliens.

Scipion Emilien le destructeur de Carthage et de Nu-
mance, Antoine l'oncle du Triumvir, Hortensius
l'émule de Cicéron, Cicéron lui-même, Pompée,
César, Crassus, Pline, quels noms plus grands
pourrois-je invoquer pour prouver que le genre judiciaire devoit être essentiellement le triomphe de l'éloquence latine, comme les harangues politiques avoient
été celui de l'éloquence grecque.

En France, avant la révolution, on ne connoissoit, des deux genres que nous venons de citer, que
le genre judiciaire dont Cicéron peut être regardé
comme le patron ; on y louoit Démosthène et Périclès plutôt sur parole que par conviction de leur mérite, mais la révolution devoit tout changer.

Cette époque étoit arrivée où la nation françoise,
aspirant à la gloire que les orateurs d'Athènes et de
Rome s'étoient acquise à la tribune, des hommes
vinrent qui bouleversèrent toutes les institutions antiques de leur pays pour faire l'épreuve des effets de
la déclamation sur une nation vive, sensible et d'autant plus mal préparée aux émotions soudaines de la
parole. Les députés des trois ordres du royaume aux
états-généraux, réunis en assemblée nationale, écri-
voient et lisoient leurs discours, et par ce moyen
donnoient à leurs argumens dans l'attaque une suite
et une liaison que n'ont pas toujours les débats des
deux chambres législatives d'une nation rivale ;
mais quand il fallut improviser, ils parurent souvent
comme des Rhéteurs ampoulés plutôt que comme des

hommes inspirés par la grandeur des circonstances?
Cependant cette méthode de lire ses cahiers ne fut pas
absolument universelle ; et Messieurs Mirabeau et
Barnave d'une part , MM. l'abbé Maury et Cazalès
de l'autre , furent véritablement des orateurs , parlant
d'abondance et déployant souvent dans leurs réponses
et leurs répliques la plus heureuse présence d'esprit.
M. Vergniaud , dans l'assemblée législative , s'est
acquis la même distinction. Nous n'insisterons pas
davantage sur ce nouveau genre d'illustration de la
France au dix-huitième siècle ; l'honneur que les
lettres peuvent en retirer a été trop chèrement acheté
par les fautes de la politique et par les désastres civils
qui en sont résultés. Mais comment eut-il été possible de fixer l'attention sur cette époque , sans rappeler même tacitement les triomphes des démagogues
et la résistance illustre autant qu'infructueuse des dé-
fenseurs du système monarchique ?

Le troisième genre d'éloquence dont il nous reste à
parler se professoit dans les écoles de philosophie où
la jeunesse grecque et romaine alloit écouter avec
avidité ces sectateurs de Pythagore , de Zénon ou
d'Epicure. L'idée de régler sa vie par un principe de
sagesse plutôt que par un autre , de se procurer ainsi
le plus grand dégré de bonheur possible sur la terre et
au-delà même des bornes du tombeau , voilà quel étoit
l'attrait de ces écoles. L'éloquence de la chaire a remplacé ce genre parmi nous ; elle s'est emparée aussi
des Oraisons funèbres , où plusieurs de nos prêtres

chrétiens se sont rendus d'une autre manière pres=
qu'aussi recommandables que les Périclès, les Démosthène, les Jules-César et les Antoine.

Les anciens ne reconnoissoient d'orateurs que
ceux qui proféroient leurs discours de vive-voix ;
il falloit que l'action, le geste, l'*habitus corporis*,
concourussent à former un orateur. Cela contribue
tellement à l'effet du discours, qu'Eschine, en
exil, interrompu par les acclamations de ses dis-
ciples dans la lecture qu'il leur faisoit de la ha-
rangue de Démosthène pour la couronne, s'écria :
Que seroit-ce donc, si vous l'aviez entendu lui-même?»
Mais ce seroit un étrange abus de ce principe que
de croire que Bossuet fut un plus grand orateur
dans ses sermons, que dans son discours sur l'histoire universelle qu'il n'a pas prononcé. L'écri-
ture, dont l'imprimerie n'est que le perfectionnement, nous transporte dans tous les lieux, nous
fait vivre dans tous les tems, nous associe à tous
les peuples ; tandis que la prononciation n'est qu'un
soufle qui s'évapore et ne laisse pas la moindre
trace. Heureux les orateurs anciens dont les productions ont été confiées aux rouleaux du *Papyrus*
pour être transcrits sur les feuillets de nos livres !
Leurs noms dureront désormais autant que le
monde, tandis que la gloire de ceux qui n'ont
pas eu le même avantage, deviendra de plus en
plus problématique.

Je frémis à cette pensée, que sans le bienfait

de l'imprimerie, tons les travaux de Montesquieu
pouvoient tourner à pure perte ! Cette éloquence
plus forte de choses que de mots, et qui fut toujours employée à plaider la cause du genre humain devant les arbitres de ses destinées, n'auroit
retenti qu'inutilement ? Cet apôtre d'une mission
nouvelle, envoyé par le ciel pour prêcher à la terre
le règne de l'ordre et de la justice, n'eût trouvé
qu'un nombre limité d'auditeurs, quand l'univers
entier se trouve intéressé dans l'adoption de ses
maximes, quand sa doctrine n'admet essentiellement d'autres bornes que celles de l'étendue du
monde et de sa durée ?

Le dix-huitième siècle, tant qu'il y aura des
livres, et il y en aura jusqu'à la fin des tems,
le dix-huitième siècle ne pourra trop se glorifier
d'avoir produit Montesquieu : né pour lui-même,
onze ans avant la fin du dix-septième, il ne na-
quit pour les lettres que trente ans plus tard. Avant
le dix-huitième siècle on ne connoissoit en France
que des écrits de controverse, ou des pièces d'é-
loquence sacerdotale. Fontenelle écrivit son histoire des Oracles ; Voltaire, ses Dissertations sur
l'art dramatique ; Montesquieu, ses Lettres persanes, et les trésors de la langue prirent aussitôt un autre cours ; comme après la découverte du
passage aux Indes par le cap de Bonne-Espérance,
les richesses de l'Asie, au lieu de continuer à
traverser l'Egypte, furent directement importées en
Europe.

Montesquieu n'auroit écrit que les Lettres
persanes qu'il seroit non seulement le plus spi-
rituel et le plus enjoué de nos écrivains, mais qu'on
pourroit à juste titre le regarder comme l'obser-
vateur le plus profond que l'Europe eût vu naître
depuis le chancelier Bacon. Que dirons-nous donc
de l'auteur de l'Esprit des lois ? Qu'on me cite,
pour l'art oratoire, une seule tirade d'aucun écrivain plus ancien que Montesquieu, qui, pour le
grand sens, la concision, la rapidité de la diction et la pompe des figures, surpasse ce portrait
d'Alexandre ? C'est la première fois que j'enchasse
le texte des autres dans le mien ; on me pardon-
nera de l'avoir fait.

« Dans le commencement de son entreprise,
» lorsqu'un échec pouvoit le renverser, il ne met
» rien au hasard. Quand la fortune l'élève au-dessus
» des événemens, la témérité devient un de ses
» moyens. Lorsqu'il marche contre les Triballiens
» et les Illyriens, vous voyez une guerre comme
» celle que César fit depuis dans les Gaules. A son
» retour dans la Grèce, c'est comme malgré lui
» qu'il prend et détruit Thèbes. Campé près des Thé-
» bains, il attend qu'ils veuillent faire la paix ;
» ils précipitent eux-mêmes leur ruine. Lorsqu'il
» s'agit de combattre les forces maritimes de la
» Perse, c'est Parménion qui a de l'audace, c'est
» plutôt Alexandre qui a de la sagesse. Après la
» bataille d'Arbelles, il suit Darius de si près qu'il

» qu'il ne lui laisse aucune retraite dans son em-
» pire. Darius n'entre dans ses villes et dans ses
» provinces que pour en sortir : les marches d'A-
» lexandre sont si rapides , que vous croyez voir
» l'empire de l'univers plutôt le prix de la course,
» comme dans les jeux de la Grèce , que le prix
» de la victoire ».

Voilà le héros, voilà le grand homme! Pouvoit-on
peindre Alexandre en traits plus ressemblans? Il ne
nous est plus permis aujourd'hui de prendre son
histoire pour un roman!

Le genre oriental, que Montesquieu avoit pris
dans ses Lettres persanes, contribua beaucoup, je
crois, à lui donner ce style plein d'images et de
sentences qui répand un charme inexprimable sur
tous ses écrits. Ses recherches sur les causes de la
grandeur et de la décadence des Romains sont
énoncées avec une précision si grande que les douze
volumes historiques de Gibbon, sur le déclin et
la chûte de l'empire, ne vous en apprendroient
pas autant malgré l'aide si efficace des faits.

Je ne débattrai point les principes des diverses
formes de gouvernement tels qu'ils sont établis par
Montesquieu. Je n'observerai point ce qu'a d'é-
trange et de contradictoire avec l'expérience son
système sur l'influence des climats ; je ne releverai
point quelques anachronismes inévitables peut-être
dans la multitude des citations auxquelles il a été
forcé de recourir. Quand je serois aussi versé dans
l'histoire des premiers tems de notre monarchie que

Montlozier ,

M. de Montlozier, l'homme de France qui les a le plus approfondis avec cette âpreté de recherche et cette grande sagacité qui lui sont toutes particulières, je laisserois encore indécise la question élevée entre l'abbé Dubos et Montesquieu, de savoir si les rois francs sont entrés dans les Gaules en conquérans, ou s'ils y ont été appelés par les peuples pour se mettre à leur tête et y succéder aux droits des empereurs romains. Mon objet étoit d'envisager ici Montesquieu sous les rapports de l'éloquence, sans m'engager imprudemment dans une série de controverses sur des opinions étrangères à ce tableau littéraire.

Au-dessus encore de Montesquieu, pour l'éloquence, s'élèvent, dans le dix-huitième siècle, J.-J. Rousseau et Buffon. Le premier dans son Discours sur l'origine de l'inégalité parmi les hommes, dans quelques lettres de la Nouvelle Héloïse, dans un grand nombre de pages de l'Emile, me paroît au-dessus des écrivains les plus distingués de tous les siècles et de tous les lieux. Force, élégance, clarté, abondance d'images, vivacité de coloris, choix de termes, arrangement de mots, toutes les modifications enfin dont l'art oratoire est susceptible, se trouvent réunies sous cette plume riche, féconde et variée. Si je voulois qualifier les mérites divers de cet incomparable écrivain, je dirois qu'il est alternativement énergique et véhément comme Démosthène, nombreux et fleuri comme Cicéron, plein d'onction

et d'aménité comme le saint évêque d'Hippone , et
je ne l'aurois pas assez loué.

Je ne viens point encenser ici des erreurs funestes ;
je distingue l'homme de lettres du sophiste orgueilleux , et l'inspiré du ciel de l'enfant de la terre.
Quels que soient les sinistres effets que l'on attribue
aux écrits de Rousseau , jamais ces effets n'eussent été
produits sans cette prose enivrante , à la fois fidèle
interprète et puissante motrice des passions. Un des-
sin correct , des nuances habilement ménagées ne
sont que des parties accessoires à l'éloquence , c'est
du mouvement qu'il lui faut. Le langage des passions
est le premier des langages ; la peinture des fortes
émotions de l'ame est le premier des tableaux. Vous
qui aimez les scènes animées , parcourez dans Rousseau celle du lac de Genève et du rocher de la Meille-
rie , arrêtez-vous avec Sophie à la porte de l'atelier
du menuisier ; bientôt les plus fortes secousses de la
terreur vont ébranler votre ame , bientôt vos yeux vont
s'humecter des pleurs d'une douce sensibilité, vous êtes
sous le charme de l'éloquence. Voilà pour la partie
descriptive , et Rousseau a également réussi dans
le genre démonstratif. Que pourroit-on me citer
qui égalât la série des preuves du vicaire savoyard
en faveur de la notion innée du juste et de l'in-
juste dans le cœur humain? Jamais rien de si complet
n'est sorti de la plume d'un homme , c'est la justifi-
cation de notre espèce , c'est l'apologie de notre nature et de son auteur.

Pourquoi faut-il que J. J. Rousseau, par son amour pour la singularité, se soit si souvent égaré dans le labyrinthe des paradoxes ? Pourquoi faut-il qu'alors même qu'il se sert de toute la puissance du raisonnement pour soutenir des propositions contraires à la raison, il n'en demeure pas moins le premier des écrivains ? Que l'on consulte, si l'on veut s'en convaincre, ses trois discours sur des questions académiques, sa lettre à D'Alembert sur les spectacles ; ses écrits politiques surtout, aux fatales interprétations desquels il faut rapporter presque toutes les absurdités pratiques de notre révolution. Rousseau, dira-t-on, étoit loin de prévoir les conséquences que l'on tireroit de ses principes ; d'ailleurs il en avoit lui-même fourni le correctif dans cette sentence « que la » liberté n'est pas un bien qui vaille d'être acheté au » prix du sang de ses frères. » La nature aussi donne à la terre l'antidote avec le poison, cependant l'inexpérience périt souvent des effets de l'un, avant d'avoir pu apprendre à connoître les vertus de l'autre.

Il en coûte de mêler l'amertume du reproche au tribut si doux de la louange ; il en coûte encore davantage de sentir le froid secret de l'indignation venir glacer jusqu'au fond du cœur la source d'une admiration généreuse. Ces pénibles émotions cessent d'agiter quand on passe de Rousseau à Buffon. La renommée de cet homme célèbre est comme l'éclat d'un beau jour sans nuages. Son discours sur la nature des animaux auxquels il accorde le sentiment et refuse la pensée, apanage exclusif de l'homme ; ses descriptions des diverses espèces de quadrupèdes et d'oiseaux qui peuplent et décorent la surface de la terre ; le soin avec lequel il leur assigne à chacun leur caractère particulier, décrit leurs habitudes, et peint jusqu'à leurs passions ; tout cela forme un ensemble de tant de couleurs différentes harmonieusement mélangées, que la fonction auguste de l'historien de la nature se trouve encore rehaussée par son analogie avec elle.

Celui qui écrivoit que la langue françoise régnoit dans la prose, avoit puisé ses preuves dans Buffon. Cette prose si sonore, si variée, si riche de figures poétiques, si pleine de nombre et de douceur, ne peut se comparer à rien, si ce n'est à ce que l'on nous dit de la majesté du style des écritures où les prophètes parlent la langue sacrée. Et Buffon aussi chante la gloire de Dieu dans ses œuvres ! J'en appelle à cette magnifique description du lion, le roi des déserts de la zône torride ; à celle du cheval, ce superbe et fougueux animal qui partage avec l'homme les fatigues de la guerre et les dangers des combats. Ce dernier morceau est emprunté, dit-on, de la fameuse description du cheval qui se trouve dans le livre de Job ; je veux bien croire que cela soit, mais il faudroit pour m'en rendre plus sûr que le livre de Job eût été traduit en françois par un Buffon.

Je n'examinerai point le fond du système de

Buffon sur les époques de la nature ; mais j'admi-
rerai cet heureux accord de la science et du talent
qui lui suggère des réflexions si heureuses, des lo-
cutions si belles. Qui ne se souvient de *ces fanaux
élevés sur l'océan des âges* pour être le guide de
l'homme qui veut s'assurer de la durée du globe
terrestre, de cette concordance établie entre toutes
les observations, de cette ingénieuse recherche où
lors même que Buffon s'égare il est si doux de
s'égarer avec lui ?

Voltaire passe pour avoir toujours eu sur son
secrétaire le Petit Carême de Massillon, non sans
doute pour y méditer les préceptes du prédicateur,
mais pour étudier ce style pur, ces tours faciles
de la langue où l'effort ne se fait jamais sentir,
et où, à l'heureux enchaînement des preuves de
la logique, se joint, par une heureuse combinai-
son, tout ce que l'habitude du grand monde et
le ton de l'homme de cour peuvent fournir de plus
délicat et de plus persuasif. Jusqu'à Massillon,
Bourdaloue avoit été regardé comme le premier des
prédicateurs ; depuis Masssillon, l'empire de la
chaire s'est divisé. Si l'on ne trouve point dans
ce dernier cette force de dialectique qui réduit en
preuves jusqu'aux mystères mêmes de la foi, on y
reconnoît du moins cette douceur de doctrine et
d'expression qui compose le véritable esprit évangé-
lique, et l'équilibre est rétabli. Les paroles de Massillon, comme celles du Nestor de l'Illiade, ont

l'air de découler de ses lèvres comme du miel onc-
tueux, résidu de toutes les fleurs odorantes de la
vallée.

Un homme qui jouit d'une grande réputation ,
mais non pas encore de toute celle qui lui est
due, M. De Lally-Tolendal , mérite d'être émi-
nemment distingué : je le donne comme le modèle
du genre judiciaire. Quand on lit ses divers plai-
doyers pour le rétablissement de la mémoire de
son père , celui pour Louis XVI , et sa défense des
émigrés, il est impossible de ne pas se dire in-
térieurement : c'est ainsi qu'auroit écrit en françois le prince de l'éloquence romaine. Nul moderne
n'a peut-être autant approché que M. De Lally de
cette faconde qui semble épuiser la matière , de
cette urbanité qui ennoblit les détails les plus com-
muns, de cette grace qui pare tout ce qu'elle touche.
Il sembleroit que M. De Lally se fut voué à nous
restituer dans toute leur intégrité les parties ora-
toires du consul natif d'Arpinum , dont l'union ne
s'étoit pas retrouvée depuis sa mort, arrivée il y
a plus de dix-huit cents ans.

On a pu voir , par les exemples que je viens
de citer, que la saine éloquence , loin de se dé-
grader en France pendant la durée du dix-huitième
siècle , y avoit au contraire fait de tels progrès
que, si elle n'a pas atteint le sommet même de
la perfection , c'est que l'humanité peut-être ne fera
jamais qu'en approcher dans tous les genres.

Honneur à ces hommes qui dévouent leur tems
à l'éducation publique ; mais honneur sur-tout à
ceux qui , consignant leurs leçons dans des écrits
durables , se rendent les instituteurs des générations et les précepteurs des siècles ! Le sage et
bon Rollin qu'on ne peut mieux qualifier selon
le penchant connu de son cœur et le genre de
ses productions , qu'en l'appelant l'historien de la
jeunesse , appartient au dix-huitième siècle. Versé
dans l'étude des langues savantes , comme il com-
pulse soigneusement tous les historiens de l'antiquité , comme il sait exposer les événemens avec
l'intérêt relatif au dégré de leur importance, s'étu-
diant à marquer aux yeux peu exercés de ses
élèves , les fils déliés qui forment le ressort des
sociétés humaines, toujours proportionnant ses réflexions à la foiblesse de leur entendement , et sem-
blant moins les enseigner que converser avec eux.
Bien différent de ces doctes nouveaux qui n'émet-
tent leurs opinions littéraires que comme des arrêts
sans appel , Rollin , par un excès de modestie qui
sied si bien au vrai mérite , semble douter même
alors qu'il a le droit d'être convaincu. Le traité
des études de ce digne recteur de l'ancienne
université de Paris, réunit toutes les qualités qu'on
peut désirer dans ce genre d'ouvrage. Exactitude
de texte dans les citations, raisonnement à l'appui
de chaque assertion qui a pour objet le goût,
chose en soi si arbitraire ; de la simplicité dans
les remarques , nul fiel dans les jugemens , jamais

ce ton tranchant qui semble défendre tout examen
ultérieur et imposer ses décisions comme des lois ;
tels sont les véritables élémens de la saine critique
que l'on retrouve d'un bout à l'autre du Traité
des études et des ouvrages historiques de Rollin.

Quoique l'on puisse souhaiter dans l'histoire ancienne une division plus méthodique sur un plan
aussi général que celui qui embrasse les annales
de tous les peuples ; quoique l'on doive être sur-
pris d'apprendre dans le premier tome de cette
histoire ancienne la mort de Philopémen appellé le
dernier des grecs avant même d'être censé savoir ce
que c'étoit que les grecs, il se trouve tant d'instruction à recueillir de l'ouvrage entier, que je m'accuse presque d'ingratitude pour avoir osé y indi-
quer le plus léger défaut. Rollin, l'ai-je déjà dit,
est l'historien de la jeunesse. Quel est celui qui,
dans cette époque marquante de la vie, ne lui
ait pas eu quelque obligation, qui n'ait pas fait de
sa lecture le plus doux délassement à ses autres
études, qui ne se souvienne dans son cœur de ces
longs parallèles d'hommes illustres dont il aimoit
tout, jusqu'à leur prolixité, tant y domine sans
interruption un ton imperturbable de rectitude et
de bonté !

Rollin avoit entrepris l'histoire romaine qu'il
n'a pu conduire que jusqu'à la mort du dernier
des Gracques. Il s'est arrêté précisément où Polybe
et Tite-Live alloient lui manquer, mais Crévier
son disciple, quoique privé de ces deux appuis,

a voulu achever la tâche si bien commencée. Les difficultés s'étoient accrues pour lui ; ce n'étoit plus assez de bien savoir le grec et le latin pour en donner des versions élégantes. A la place de Polybe et de Tite-Live, une foule d'écrivains diffus ou abréviateurs : voilà la nouvelle mine qu'il fallut forcément exploiter. Lorsque Plutarque manquoit et que Tacite ne se montroit pas encore, il est étonnant que Crévier ait travaillé avec autant de succès. Sa partie de l'histoire des guerres civiles de Marius et de Sylla, de la guerre sociale avec les peuples d'Italie, est parfaitement traitée. Il ne doit presque rien à Salluste, mais chose inconcevable, à peine la forme du gouvernement de Rome est-elle changée qu'une léthargie mortelle s'empare de notre écrivain et ne le quitte plus jusqu'à la fin de son histoire des empereurs. L'histoire du bas empire par Lebeau est composée dans le même esprit qui animoit Rollin et Crévier, mais tout le talent de Lebeau, supérieur peut-être à celui du plus illustre de ses deux prédécesseurs, tout ce talent, dis-je, ne lutte qu'avec un désavantage marqué contre la monotonie d'un pareil sujet. C'est ainsi que le cours d'un fleuve, depuis sa source jusqu'à son embouchure, s'embellit de sa progression même et de la perspective toujours variée de ses rivages, tandis que la pleine mer a bientôt fatigué nos regards par le spectacle continu de son immensité.

Nous devons donc aux travaux de trois profes-

seurs de l'université , pendant le dix-huitième siècle ,
un cours presque complet de l'histoire générale
de l'antiquité. Le discours de Bossuet , écrit dans
le style oratoire , ne peut être comparé sous le
point de vue d'utilité à aucune partie , même
détachée de cette précieuse collection. Le ton de
la déclamation n'accompagne jamais bien les
documens historiques. J'admire les réflexions profondes de Bossuet sur les mutations des empires.
et les voies cachées de la providence , mais sans
la connoissance préliminaire de l'histoire , je serois.
même hors d'état de le comprendre , bien loin de
trouver dans son livre aucune instruction de cette.
nature.

Ce que je viens de dire pour Bossuet , je l'adres-
serois à Raynal. L'histoire philosophique et politique
des établissemens européens dans les deux Indes.
a été conçue sur le plan le plus vaste qui puisse
exister. C'est l'histoire de toutes les contrées du
globe à l'époque la plus intéressante , époque où la
figure de la terre vérifiée par la navigation , où
le commerce entre toutes ses parties venant de
s'établir , l'esprit de l'homme put étendre ses
recherches sur toute la circonférence de la planète
que nous habitons. L'exécution a-t-elle répondu à
la grandeur du projet ? Je ne le crois pas. La
partie narrative de cette histoire qui devroit être.
la plus soignée est au contraire la plus fautive.
Les faits sont noyés dans une mer de disserta-

tions oiseuses qui vous font perdre sans cesse le fil du récit ; et après une multitude de longues interruptions, lorsqu'il vous arrive quelquefois de le ressaisir, l'auteur vous a transporté à une autre chronologie qui n'a point de liaison avec celle que vous venez de quitter. Raynal auroit dû intituler son ouvrage, réflexions sur les conséquences de la découverte de l'Amérique et du passage aux Indes par le Cap-de-Bonne-Espérance.

Rien n'est plus soigné que la partie cosmographique et descriptive de cet ouvrage ; on y voit que, si Raynal a travaillé quelquefois sur des mémoires infidèles, plus souvent il a été admirablement servi dans ses renseignemens. Les noms du comte d'Ennery, de M. Malouet et du baron de Kniphausen sont des garans irrécusables de l'exactitude de tout ce qui concerne les colonies françaises en Amérique, et les possessions hollandaises en Asie.

Peu d'historiens sont dans le cas de ne réciter que les événemens dont ils ont été les témoins ; il faudroit pour cela qu'ils y eussent eu part comme Thucydide, Xénophon, Polybe, César et Montecuculli ; alors ils pourroient dire avec affirmamation : ce que j'avance, je l'ai vu. Mais quand il n'en est pas ainsi, ils doivent moins s'attacher à faire preuve de véracité que de discernemens dans le choix des matériaux qu'ils emploient. C'est à mon gré, une des plus grandes preuves des progrès considérables de l'esprit humain dans le dix-huitième siècle, que Thucydide et Tacite l'emportent aujourd'hui, dans l'opinion générale, sur Tite-Live et sur Hérodote.

Je viens de faire une digression par rapport à Raynal, mais elle ne m'a point écarté de mon sujet. Que d'autres lui fassent l'application de ma régle, je vais le considérer sous un autre aspect.

Je dirai donc que malgré les disparates de cet auteur, résultat naturel du concours de plusieurs collaborateurs qu'il s'étoit associés, la force de son empreinte est telle qu'elle laisse dans la mémoire des traits ineffaçables. Que les étrangers, quels qu'ils soient, qui accusent la langue françoise de molesse, trouvent dans l'idiôme de leur pays une élocution plus mâle et plus nerveuse que celle de Raynal, je leur passerai le reproche.

L'ouvrage de Raynal, outre le prix que lui donne une vaste réunion d'observations géographiques, est encore plein de traits d'histoire naturelle qu'on rencontreroit difficilement ailleurs. Son systême sur les vents réglés des tropiques est au nombre de ces hypothèses plausibles qu'on publie peut-être trop précipitamment ; mais sa relation du castor, où il ose devenir l'émule de Buffon, est admirable ; la crainte de proférer un blasphême m'empêche d'en dire d'avantage. Quiconque entreprendroit de réunir à part toutes les observations d'agriculture, de commerce et d'histoire naturelle qui se

trouvent dans l'histoire philosophique et politique ,
en composeroit un récueil précieux , mais il est
déplorable de les voir réléguées à la place qu'elles
occupent.

J'arrive au célèbre abbé de Vertot, l'auteur des
révolutions de Suède et de Portugal. Avec quel
art Vertot fait-il ressortir l'adresse de la duchesse
de Bragance, qui se sert de la foiblesse même du
caractère de son mari pour le forcer à prendre un
parti désespéré, après l'avoir ouvertement compro-
mis avec le cabinet de Madrid. L'art principal de
Vertot , dans ses écrits , est de ne jamais y sus-
pendre l'intérêt , qu'il sait si habilement exciter.
Voyez comme il suit sans relâche Gustave Vasa ,
depuis le moment où il l'a été prendre au milieu
des marais de la Dalécarlie jusqu'à ce qu'il l'ait
amené à devenir l'administrateur et enfin le souverain de la Suède , seule récompense digne de ses
services et de ses grandes qualités ! Je n'ai pu souvent m'empêcher d'admirer Vertot pour la libéra-
lité de ses principes dans son premier ouvrage.
Vertot étoit prêtre, et c'est peu de tems après la
révocation de l'édit de Nantes, lorsque la persécution des protestans étoit à son comble en France,
qu'il a la justice et le courage de faire hautement
l'éloge d'un monarque qui avoit aboli dans ses états
la suprématie des papes pour y établir la réforme
de Luther.

Vertot a le style de l'histoire : il est plein d'ordre

et de clarté ; et selon le plus ou le moins d'impôr̃-
tance de la situation qu'il expose , il devient alternativement copieux ou précis, prodigue de phrases
ou avare de mots.

Je ne ferai point de remarques sur les révolutions romaines et sur l'histoire de l'ordre de Malthe ;
je ne regarde pas les révolutions romaines comme
un sujet heureux , et la manière dont l'histoire
de Malthe est traitée me paroît une insulte à la
crédulité des hommes.

Que dirai-je à présent de l'histoire générale de
Voltaire , ouvrage rapporté pour remplir l'intervalle
qui se trouve entre le siècle de Louis XIV et l'é-
poque de Charlemage où se termine le discours sur
l'histoire universelle de Bossuet ? Jamais continua-
tion d'un livre ne fût moins conforme au livre
même. Bossuet semble n'avoir eu en vue que les
preuves de la vocation du peuple de Dieu avant
Jésus-Christ, et sa réprobation après lui. Voltaire
au contraire s'attache à tout ce qui peut contre-
dire ces preuves , et à présenter la nation Juive et
le berceau du christianisme sous les couleurs les
plus défavorables. Tous deux ne perdant jamais de
vue le point de ralliement de leurs idées, ils ou-
blient qu'ils ont donné à leur ouvrage un titre différent de son objet.

David Hume a dit qu'un historien ne devoit plus
avoir de patrie : moi je pense qu'il ne suffit pas qu'il

n'appartienne point à aucune nation , qu'il faut encore qu'il n'appartienne à aucune religion , à aucune
secte. Thucydide et Xénophon , quoiqu'Athéniens ,
n'ont fait qu'accroître leur gloire en rendant justice au
mérite des Spartiates. Quand viendra parmi nous l'historien assez dépouillé de tout esprit de parti, pour que
l'on puisse dire un jour , que s'il étoit chrétien , il a
laissé ignorer à quelle communion il appartenoit ; que
s'il n'étoit pas chrétien , il a respecté la croyance publique sans lui faire l'hypocrite sacrifice de ses sentimens ?

Je quitte l'Essai sur l'esprit et les mœurs des nations pour arriver au siècle de Louis XIV , chef-
d'œuvre de Voltaire dans la partie historique. Je
ne connois aucun historien de l'antiquité qui ait
fourni le modèle d'un pareil ouvrage. Voltaire semble
avoir ambitionné d'y paroître à-la-fois comme rhé-
teur et comme historien ; et , chose qui paroîtroit
incroyable , si nous en pouvions douter , il a su
dans la confusion de ces deux genres les maintenir
parfaitement distincts l'un de l'autre. Le succès doit
l'absoudre , mais je ne conseillerois à personne de
l'imiter. Qui pourroit se flatter de réunir comme
lui cette mobilité d'imagination qui donne à chaque
sujet sa véritable couleur , ce talent des transitions
qui les empêche d'être jamais choquantes , cette
saillie de jugement qui tranche la question d'un
seul trait.

Je ne puis passer sous silence la vie de Charles XII
nouveau genre de panégyrique où Voltaire n'a d'au-

ire infériorité avec Quinte-Curce que celle de son
héros , mais cette infériorité même se tourne en une
sorte d'avantage par la latitude qu'elle donne à Voltaire de faire usage du parallèle , ressource que le
nom seul d'Alexandre interdisoit à Quinte-Curce. Le
précis du siècle de Louis XV , l'histoire de Russie
sous Pierre le grand ; sont écrits avec un abandon si
agréable , sont remplis par tout de remarques si fines
et d'apperçus si justes , qu'on peut les regarder
comme des supplémens au siècle de Louis XIII et à
vie de Charles XII , en même temps qu'ils fournis-
sent une preuve nouvelle de l'intarissable fécondité
de la plume de Voltaire dans tous les genres.

L'Esprit de la Ligue qui a fait avec raison beaucoup
d'honneur à M. Anquetil , son Esprit de la Fronde ,
l'abrégé de l'histoire universelle du même auteur ; l'histoire de la rivalité de la France et de l'Angleterre par
M. Gaillard ; l'histoire de Russie par M. Leclerc ,
celle du même empire par M. Lévêque ; l'histoire de
Dannemarc par M. Mallet ; l'histoire de France par
M. de Boulainvilliers, pleine de fautes , mais pleine de
chaleur. Enfin tous ces abrégés chronologiques d'histoire moderne ou ancienne où le président Hénault ,
malgré sa juste réputation , n'a au-dessus de Phessel
et de ses autres imitateurs que le mérite d'avoir inventé un genre aussi ingénieux ; tous ces ouvrages ,
joints à ceux que nous avons déjà cités, ne forment-
ils pas pour la partie de l'histoire , un faisceau de
lumières , tel , peut-être , qu'aucun autre siècle n'en
pourroit montrer un semblable ?

Je

Je n'ai pu me résoudre à placer parmi les ouvrages historiques, dont je viens de faire une revue générale, l'histoire du règne de Charles Quint. Elle méritoit un article particulier. Quoiqu'elle ne soit qu'une simple traduction, elle porte en françois l'impression d'un burin si ferme, qu'il seroit impossible, à moins d'être prévenu, de prononcer lequel de M. Suard ou de Robertson est l'auteur original. Dans cet éloge, je sais que je ne fais que commenter un mot des lettres de Dupaty sur l'Italie, mais ce n'est pas la seule fois que la justesse d'une idée a été la cause d'une réminiscence. Ce qui frappa sur-tout la France, en voyant paroître l'introduction à l'histoire du règne de Charles Quint, c'est cet esprit d'investigation que l'auteur a l'air de porter toujours avec lui comme un préservatif contre l'erreur, c'est ce style grave et orné, fort et tempéré, abondant sans être lâche, concis sans être obscur ; en un mot cette réunion unique dans notre langue des caractères épars des plus grands historiens de l'antiquité.

Je ne vanterai pas les diverses traductions de Tacite par Dalembert et par d'Hoteville ; il n'est pourtant pas inutile d'en faire mention dans ce tableau littéraire, ne fût-ce que pour servir à prouver combien le goût étoit peu formé en France lorsqu'on y louoit avec emphase les plates versions de Perrot Dablancourt.

La traduction d'Hérodote est la meilleure que nous ayons d'aucun historien ancien. On en trouve

6

le texte bien rendu et les notes en sont d'un prix inestimable pour l'Europe savante. M. l'Archer méritoit donc d'appartenir au tableau d'un siècle dont son érudition fait un des titres de gloire.

Troisième partie.

En commençant cette troisième partie, qui doit traiter d'un mélange d'écrits innombrables dans tous les genres, je ne puis me défendre d'exprimer l'embarras où je suis de n'avoir plus que quelques pages devant moi pour remplir un cadre aussi vaste. Comment concilier en effet les bornes de ce discours avec ce que je dois à ces auteurs dont je n'ai point parlé jusqu'ici, et qui ayant contribué à la renommée littéraire du dix-huitieme siècle, ont relativement des droits à mon hommage ? Je trancherai la difficulté par le fond ; j'abandonnerai entièrement la partie critique, heureux par ce moyen de m'interdire jusqu'à la possibilité du blâme, lors même que je me réserve le droit de ne donner que des éloges mérités.

Je ne l'ai point oublié, ce respectable Fontenelle, patriarche littéraire, qui appartint successivement aux deux plus grands siècles de la France, entre lesquels il partagea ses illustres travaux. C'est lui qui par la facilité de ses tours de phrase, par la simplicité de sa syntaxe, par le naturel de son style, est parvenu à bannir de la diction relevée ces deux perfides ennemies du bon goût, la recherche et l'affectation. Son Histoire des oracles, ses Mondes, ses Eloges académiques ont prouvé que la culture des lettres, loin d'être nuisible aux sciences, étoit le plus sûr moyen de propager leur influence bénigne.

Je les vois briller ensemble ces deux collègues de gloire, Dalembert et Diderot, qui, embrâsés de la passion d'être utiles, conçoivent l'idée de rassembler, comme dans un vaste dépôt, tous les trésors des connoissances humaines, et ont le courage d'exécuter une aussi grande entreprise. Dès le discours préliminaire de l'Encyclopédie, j'admire le dénombrement de tous nos arts et de toutes nos découvertes, exposé dans un ordre si clair et si méthodique qu'il me semble qu'il suffit de l'entendement le plus commun pour saisir leur filiation complète. Je passe ensuite au mot *analyse*, et là je trouve l'heureuse définition de cet esprit d'exactitude, guide assuré de la raison de l'homme, et qui a remplacé pour nous tout ce jargon scientifique de l'école, lumière trompeuse, pire mille fois que les ténèbres de l'ignorance. C'est aussi dans l'Encyclopédie que je trouve l'éloge de Montesquieu et l'analyse de l'esprit des lois ; en vrai géomètre, Dalembert fait ici l'application de son principe, et la sécheresse des études mathématiques, au lieu de gêner ses expressions, leur donne un air de netteté symétrique qui est agréable à l'œil. J'envisage aussi séparément l'auteur de la vie de Sénèque, du père de famille, du panégyrique de Richardson, et dans l'adorateur de ce caractère si pieux et si tendre de Clarisse Harlowe, je ne reconnois point ce Diderot qu'on nous signale comme le fléau des institutions religieuses et l'hypocrite de la sensibilité.

J'apperçois MM. de Condorcet et Bailly, et je détourne les yeux ; leurs malheurs et les causes de ces malheurs sont trop récens dans la mémoire des hommes pour que je puisse m'arrêter à eux ; mais la simple mention de leurs noms devient une autorité de plus en faveur de la première assertion de cet ouvrage, que les lettres et les sciences ont été dans une association perpétuelle pendant tout le cours du dix-huitième siècle.

Je vous invoquerai aussi, illustre Barthélemy, vous qui fûtes à-la-fois le plus érudit de notre tems et un des premiers littérateurs que la France ait jamais eu ; venez recevoir le tribut de louanges qui vous est dû. Avant vos Voyages du jeune Anacnarsis nous connoissions, il est vrai, l'histoire militaire des Grecs et leurs institutions politiques ; mais c'est votre Scythe qui, en nous faisant vivre parmi eux, nous a appris l'état de leur civilisation, leurs habitudes sociales et jusqu'à leurs mœurs domestiques, et vous lui prêtez votre style enchanteur pour donner un intérêt de plus à ses récits.

Non seulement dans ce siècle extraordinaire les géomètres, les astronomes et les érudits cultivent les

lettres avec éclat, mais encore les ministres d'état en
font le délassement le plus doux de leur administra-
tion. Il en est deux qui sollicitent ici mon attention.
M. Nécker et M. de Calonne, rivaux de littérature
comme d'influence politique. L'un plus élégant, l'autre
plus énergique ; celui-ci né avec plus de génie,
celui-là rempli d'esprit et de graces : tous deux
enfin prouvant que le soin des affaires publiques,
dans une tête vaste, s'allie admirablement bien avec
la passion des lettres.

Parmi la multitude d'auteurs dont les noms sont
dans ma mémoire, comment ne distinguerois-je pas
ce judicieux abbé de Condillac le Locke de la Fance ;
son illustre frère, l'abbé de Mably, qui dans son
livre sur la manière d'écrire l'Histoire, ne se borne
pas comme Lucien, à ne donner que des préceptes arides, mais fournit toujours l'exemple avec
la leçon.

Quel surcroît de titres littéraires pour le siècle
dernier que ce Marmontel qui nous donna des Contes
moraux si piquans d'intérêt et de naïveté, et qui
cultiva avec plus ou moins de succès la réthori-
que, la politique et le théâtre ; cet éloquent le
Tourneur qui traduisit Shakespeare, qui fit un ouvrage nouveau des Nuits d'Young, et fit connoître à
l'Europe françoise les chants galliques d'Ossian aujourd'hui si admirés ; ce Laharpe, qui, dans son
Cours de littérature universelle, donna tant de critiques excellentes parmi celles qu'on pourroit
justement lui contester, et ce grand nombre d'écri-

vains recommandables qui se perdent dans la foule
lumineuse comme les étoiles du firmament.

Quel est-il ce bel esprit qui s'étonne d'être rélé-
gué si loin dans ce tableau ? C'est le Labruyère
du dix-huitième siècle, cet auteur dont Louis XV
disoit après avoir lu ses Considérations sur les
mœurs, que ce ne pouvoit être que l'ouvrage d'un
homme de bien. C'est le premier des éloges. On
ne peut concevoir en effet tant d'austérité et tant de
politesse réunies à un style si noble et si correct.
Les Confessions du comte de ***, les Mémoires du
siècle par Duclos sont les productions d'une imagination libre et légère. On croit entendre la narration verbale d'un homme du monde de beaucoup
d'esprit, tant les aventures, même celles qui sor-
tent du cadre ordinaire de la vie, sont récitées avec
naturel et d'une manière toujours analogue à l'événement.

J'arrive insensiblement devant la statue de cette
muse anonyme qui s'indigne de n'avoir pas encore
reçu mon offrande dans le tableau d'un siècle sur
lequel elle répand un si grand lustre. Plus humble
que l'histoire dont elle emprunte les traits, quand
elle fait paroître les maîtres du monde, elle leur
donne le costume des simples particuliers ; elle se
revêt des fictions et n'a point recours à la parure
des vers ou au prestige de l'action théâtrale. C'est
elle qui dicta en Espagne les folies ingénieuses de
Cervantes, comme en Angleterre les sublimes

ouvrages de Richardson, comme parmi nous les
ouvrages de Lesage, de Prévost, de mesdames de
Genlis, et de Flahaut, la Nouvelle Héloïse de
Rousseau, le Paul et Virginie de M. de Saint-
Pierre, et la Delphine de madame de Staël.

On met les romans au dernier rang des productions littéraires; et moi-même j'imite cette injustice. Les hommes feront-ils toujours plus de cas de
ce qui surprend leur esprit que de ce qui attache
leur cœur? Non, ce n'est point un livre futile que
ce Gil-Blas qui nous montre comme dans un miroir
fidèle les foibles de l'homme en société, depuis le
ministre prépondérant d'un vaste empire jusqu'au mi-
sérable aventurier qui n'a que la chance du jour
pour vivre, et au voleur de grand chemin, réduit
à s'enterrer vivant dans la caverne de la forêt. Il
s'est trouvé des gens de lettres et des gens du monde,
leurs échos, qui ont annoncé une préférence décidée pour un roman étranger dont le genre est
assez ressemblant à celui de Lesage. Pour moi, quand
on m'aura montré dans Tom-Jones un trait comparable
à celui des Homélies de l'archevêque de Grenade,
alors, et seulement alors, je pourrai consentir à le
mettre sur la même ligne que Gil-Blas.

Il y a dans le roman, selon l'observation de
Fielding, deux genres de composition aussi distincts que peuvent l'être, pour la scène théâtrale,
la tragédie et la comédie. Autrement la Nouvelle
Héloïse, où l'amour règne en dieu de la nature,

ne seroit qu'un roman, de même que le Roman
comique de Scarron. C'est dans cette Julie si foible
et si pleine de principes que Jean-Jacques semble
avoir prononcé son opinion sur la vertu des femmes,
et qu'il se l'est faite pardonner par ce sexe, en mon‐
trant qu'il croyoit à l'amour et que l'amour ne s'allioit
point avec la dépravation.

L'auteur des Etudes de la Nature me pardonnera‐
t-il de ne l'avoir nommé qu'une seule fois, et de
l'avoir gardé jusqu'à ce moment comme une de ces
pensées favorites des femmes, qu'il a dit qu'elles ré‐
servoient pour la fin de leurs lettres? Aucun écri‐
vain ne méritoit mieux, en effet, de passer immé‐
diatement après Rousseau et Buffon que celui qui a
fait Paul et Virginie. Jamais, dans les écrits de tous
nos prosateurs ensemble, on ne liroit autant de
belles descriptions de la nature qu'il s'en trouve réu‐
nies dans ce petit ouvrage. La scène est sous la zône
torride, le sujet étoit neuf; nous n'avions rien de
détaillé sur la végétation de la plus belle partie de la
terre ni sur ses oiseaux, dont le plumage est si riche.
Les cocotiers mêlant leurs touffes grisâtres avec la
verdure tendre des orangers, les palmistes abandon‐
nant aux vents leurs panaches flottans; les bengalis
dont le ramage est si doux, les perruches aux ailes
d'émeraude, la noire frégate planant dans les airs où
elle paroît voguer majestueusement, tous ces objets
enfin, ou étoient inconnus aux François, ou ne leur
avoient jamais été présentés de manière à leur lais‐

ser

ser d'eux une impression durable. Telle est la puissance du grand écrivain ! Ainsi les forêts inhabitées de l'Amérique ne nous présentoient rien de frappant jusqu'à ce que l'auteur d'Atala soit venu nous faire entendre la voix du désert sur les rives silencieuses du Meshascébé.

Que Paul et Virginie ait fait des enthousiastes, cela n'est pas difficile à expliquer. Quel autre roman pourroit se citer qui, dans un espace aussi circonscrit, renferme également tout ce que le sentiment peut dicter de plus délicat, tout ce qu'il peut inspirer de plus sublime ? C'est là vertu modeste aux prises avec le malheur. Pour héros deux enfans, pour intrigue une passion chaste et infortunée, pour catastrophe un naufrage ! Quel talent n'a-t-il point fallu pour dessiner sur ce simple canevas mille situations plus intéressantes les unes que les autres, placer les orages des passions au milieu du calme des mœurs, et mêler les plus terribles convulsions de la nature au tableau d'un printemps éternel ? C'est aux navigateurs retirés du périlleux métier de la mer, c'est aux Créoles expatriés qu'il appartient d'apprécier dans toute son étendue le mérite de cette charmante production. Les tempêtes de l'Océan, les fureurs des ouragans sont des images dont aucun trait n'est perdu pour eux. A ces peintures si vraies, le livre tombe involontairement de leurs mains, et leur ame reste absorbée dans la mélancolie des souvenirs.

Le pays qui au douzième siécle avoit produit cette

7

Héloïse, qui fut presqu'aussi célèbre par sa grande érudition que par ses amours et ses malheurs, devoit au dix-huitième siécle de lui fournir un assez grand nombre de femmes instruites et lettrées, pour qu'il ne fût pas dit que les Françoises eussent dégénéré, et qu'une moitié du genre humain fût devenue inintelligible à l'autre dans ces Gaules de tout temps l'empire des grâces et de la beauté. Madame de Graffigny, Madame de Genlis, Madame de Flahaut, Madame de Staël, par la fraîcheur de leurs tableaux, par la délicatesse de leur touche, méritent surtout d'être distinguées. Sous leur plume, la physionomie du roman françois a acquis une finesse de traits que les hommes n'avoient pu lui donner. J'en réfère aux essais en ce genre de Crébillon fils et de Marivaux où tous les charmes du style et de l'esprit se trouvent si justement classés au dessous de cette vérité de mœurs sociales particulière à ces nombreuses productions de Mme de Genlis, dans lesquelles on ne trouve qu'à peine le loisir de s'apercevoir de l'extraordinaire pureté grammaticale qui y règne d'un bout à l'autre. Un autre éloge appartient à la rivale littéraire de Madame de Genlis, et si un exemple peut venger les femmes de l'imputation calomnieuse de Jean-Jacques, qu'elles ne savent pas mettre de passion dans leur style, cet exemple a été donné. Rousseau n'exceptoit de son arrêt que Sapho et une autre; s'il ne prétendoit parler que de femmes auteurs, et qu'il eût écrit plus tard, on auroit cru qu'il désignoit Madame de Staël.

Je quitte la plume; je n'ignore point que mon

discours est loin d'atteindre le but que j'ai eu en vue lorsque j'ai osé l'entreprendre. Je me suis laissé asservir sous le joug des différens genres de littérature que j'ai alternativement parcourus; et ne sachant, par exemple, où placer Fréret et Helvétius, je me suis abstenu de les nommer. Fréret, le plus savant homme de son temps; Helvétius, le Bayle du dix-huitième siécle, moins instruit que celui que je lui donne ici pour patron, mais beaucoup plus grand écrivain.

La Classe de la langue et de la littérature françoise aura vu avec quelle fidélité à ma parole je n'ai fait dans tout ce discours aucune acception d'hommes et de choses, pour rester dans la règle la plus étroite de l'impartialité que je m'étois prescrite. J'ai voulu consacrer un monument à la vérité; s'il a de la force et de la solidité, c'est à elle seule qu'il les devra. Qu'il me soit seulement permis d'affirmer ici, en finissant, que je n'ai prétendu que m'honorer moi-même en célébrant le dix-huitième siécle; je savois trop qu'il n'avoit pas besoin du foible support que je pouvois lui prêter.

FIN.

ERRATA.

Page 4, ligne 11; permis, *lisez* possible.

Pag. 5, lig. 13; les suivront, *lis.* le suivront.

Pag. 11, lig. 18; ces héros, *lis.* ses héros.

Pag. 59, lig. 28; Enclion, *lis.* Enclyon.

Pag. 43, lig. 7; qui ont eu le bonheur d'en recevoir l'heureux don des mains de la nature, *lis.* simplement *le don.*

Page 69, lig. 16; à l'heureux enchaînement, *lis.* l'enchaînement.

Pag. 78, lig. 14; Charlemage, *lis.* Charlemagne.

Même page, lig. 19; et sa reprobation, *lis.* et de sa reprobation.

Pag. 80, lig. 10; Louis XIII, *lis.* Louis XIV.

Même page, lig. 11; vie de Charles XII, *lis.* et à la vie de Charles XII.

www.ingramcontent.com/pod-product-compliance
Lightning Source LLC
Chambersburg PA
CBHW060436260626
47161CB00005B/1946